SYLVIE SCHENK

Maman

AF197107

Sylvie Schenk

Maman

Roman

GOLDMANN

Penguin Random House Verlagsgruppe FSC® N001967

1. Auflage
Taschenbuchausgabe Dezember 2024
Wilhelm Goldmann Verlag, München,
in der Penguin Random House Verlagsgruppe GmbH,
Neumarkter Straße 28, 81673 München
Copyright © 2023 Carl Hanser Verlag GmbH & Co. KG, München
Covergestaltung: UNO nach einer Vorlage
von Peter-Andreas Hassiepen unter Verwendung eines Bildmotivs
von gettyimages/Viktoriia Oleinichenko
KN · Herstellung: ik
Satz: GGP Media GmbH, Pößneck
Druck und Bindung: GGP Media GmbH, Pößneck
Printed in Germany
ISBN: 978-3-442-49568-9

www.goldmann-verlag.de

Für die Enkel und Urenkel von Cécile

Bockspringen

Lass uns Bockspringen
über die Schmerzen des Tages
in weichen Mulden landen
in der Schürze der Hebamme
wiedergeboren werden

»Unsere Mutter, die sprach nur mit der Wäsche und mit Babys.« So habe ich es gerade zu meiner Schwester Pauline am Telefon gesagt. Mit welcher Stimme habe ich da gesprochen? Mit meiner Alltagsstimme oder mit einer Kleinmädchenstimme? Mit meiner Bühnenstimme? Oder mit einer Stimme, die mir schon nicht mehr gehörte? Eine Stimme, die sich im Kunstflug der Worte selbstständig macht und nun zur Stimme dieses Textes wird?

Ich schreibe hier »Text«, weil ich noch nicht weiß, ob ich einen Roman schreibe und weil »Text« und »Textil« zusammenhängen. Meine Mutter war die Tochter und Enkelin von Seidenarbeiterinnen aus Lyon.

Mamans Geburtsname war Renée Gagnieux, dieser Name steckt in mir, dreht sich schon lange unter meiner Brust, viel schneller, seit meine Schwester Lisa in den Archiven von Lyon recherchiert hat. Etwas Hartes und Krummes und Hakeliges wie ein Fragezeichen. In meiner Mutter selbst rumorte ihre unbekannte Mutter, Cécile Gagnieux, die sie verdrängt, verschluckt und nie verdaut hat. Sie hat nicht mal ihren Namen erfahren. Auch das Leben von Cécile will ich in diesen Text einflechten, um endlich die Fragen zu beantworten, die meine Mutter sich wahrscheinlich gestellt hat – damit sie Ruhe gibt, damit ich selbst endlich meinen Frieden finde. Der Text wird gespickt sein mit den bei mir unbeliebten Adverbien »wahrscheinlich« und »vielleicht«, es wird ein approximativer Text sein, ein sich annähernder Text. Ich habe früh gespürt, dass das Rätsel um ihre Herkunft das Leben meiner Mutter ausgehöhlt hat, eine mittelalterliche Tropfenfolter. Unruhe breitete sich auch in Hirn und Herz ihrer Kinder aus. Nun, da keine Frage sich selbst beantworten kann, muss ich nach Antworten suchen.

Zwischen den Fronten

Ich habe mich oft gefragt, ob ich lieber eine andere Mutter gehabt hätte, eine Mutter, die einen anregenden Dialog mit mir geführt hätte, eine wie die Mutter meiner Schulfreundin Suzanne, eine solide Frau, die Erdkunde unterrichtete, Esperanto lernte, *Das andere Geschlecht* von Simone de Beauvoir las, den Maler Picasso schätzte, eine erziehende Mutter, deren Töchter Klavierunterricht bekamen, die nach den Hausaufgaben schaute und wusste, wo es langging. Nein, ich denke nicht, dass ich mir eine andere Mutter gewünscht habe. Ich möchte nicht dahin gehen, wo es langgeht, auch wenn ich immer noch keinen ausgeprägten Orientierungssinn habe. Ich stelle meine Mutter nicht infrage. Ich habe sie geliebt, wie man ein seltsames Wesen liebt, das zu einem gehört, ein Geheimnis, das man bewahrt. Eine Raritätenmutter, die man beschützen muss, auch wenn ich sie manchmal abstoßend fand. Ich wurde streitlustig, sobald jemand aus der bürgerlichen Familie meines Vaters die kleinste Kritik gegen sie äußerte. In seiner schrecklichen Familie wurde meine Mutter als Idiotin abgestempelt, ich hasste diese arroganten Lyoner Ärsche. Ich wünschte der Mutter meines Vaters den Tod, aber sie lebte lange.

Maman hat uns in die Welt gesetzt und wild wachsen lassen wie Unkraut. Es hatte Vorteile. Dank ihres Spleens bekamen wir frische Luft. Wir haben mit ihr keine Zärtlichkeiten ausgetauscht, sie hat uns nicht viel beigebracht, das Übliche vielleicht, was gerade passte oder sich unbedingt gehörte, und das auch nur wie nebenbei, weil es eben nicht zu ihr gehörte. Aber lieber nichts als etwas Künstliches, Steifes, Prätentiöses. Sie mochte Blumen vom Wochenmarkt, Blumen von den Feldern. Ich brachte ihr Sträuße mit wilden Narzissen, Kornblumen, Anemonen von meinen kleinen Fluchten in die Berge mit. Sie bedankte sich freundlich und freudlos. Sie beherrschte keinerlei Kunst, bevorzugte triviale Lektüren, strickte Pullis, einfache Muster, und nähte, aber schlecht (fürchterliche Trägerkleider für meine Schwester Pauline und mich, hellblaue Falten, als Latz ein Herz, und für meinen Bruder ein Hemd mit zu großem Kragen, er sah aus wie der kleine Lord Fauntleroy). Sie schwieg viel. Ich habe nie gewusst, ob sie nachdachte, träumte, sich erinnerte oder Pläne schmiedete. Sie war ein stummer Mensch mit blauen Augen und einem Verstand, der damit beschäftigt war, seine Mängel zu kaschieren.

Ich wohne in Deutschland und meine Schwester Pauline hat mir neulich eine Tüte *Papillotes,* französische Weihnachtspralinen, geschickt. In jeder findet man ein Zettelchen mit einem Sprichwort oder einer Weisheit. Bei der ersten, die ich öffnete, fand ich ein Zitat von Konfuzius: »Der größte Reisende macht eine Rundreise in sich selbst.« Vorerst muss ich Mamans No Man's Land kartieren und bereisen, damit sie Konturen und ein Relief annimmt, damit sie nicht verloren geht.

Vielleicht sitzt meine Mutter an der Quelle meiner von Neid und Faszination gemischten Furcht vor Intellektuellen, vor Menschen, die mit abstrakten Begriffen jonglieren, vor überheblichen Besserwissern aus gebildeten Familien, auch vor starken und MeToo-Frauen, die Bescheid wissen, gescheit reden und recht haben, überhaupt vor *positiven* Menschen, die ihre dunklen Seiten verleugnen, auch vor denen, die sagen: »Jeder ist seines Glückes Schmied« oder »Der Tod gehört zum Leben« oder »Gib der Bettlerin nichts, sonst bist du ein Teil ihres Problems«. Ich stehe auf beiden Seiten. Einerseits auf der Seite der Studierten, der Ärzte, der Professoren mit großen Bibliotheken, der doppelzüngigen Rechtsgelehrten, der politisch korrekten Lehrer, andererseits auf der Seite der Ungebildeten, der Einfachen, der Stummen, der Loser, der Idioten, der Ängstlichen, der Abhängigen, der Irrenden. Ich bin da, bin dazwischen, als Künstlerin zwischen den Fronten, als Schreibende. Worte sind flüssiges Leben, sie sickern in die Spalten des Alltags.

Die Unglückliche

Maman war eine Unglückliche, die ihr Unglück nicht reflektieren konnte. Sie war mysteriös, ja vielleicht beschränkt, eine, die kniend vor offenen Kleiderschränken leise erzählte, so leise, dass man sie nicht verstehen konnte. Im Vorbeigehen hörte man nur ein schwaches Murmeln und sah, wie sich ihre Lippen bewegten. Man verhielt sich diskret, als würde sie im Beichtstuhl knien, ging weiter. Sie war authentisch und verlogen, falls das Unterlassen auch Lügen und nicht nur Verschlossenheit bedeutet. Sie, ihre Adoptiveltern, mein Vater, dessen Familie, alle haben uns, ihren Kindern, ihre Herkunft verheimlicht. Sie war eine, die schwieg und sich schämte, dabei zu sein, weil ihre Eltern und Schwiegereltern sich ihrer Abstammung schämten und sie verschwiegen, aber als Zahnarztfrau wollte sie standesgemäß leben: mit Dienstmädchen und Pelzmantel. Sie hatte keine Moral, aber zwei Prinzipien. Erstens: nicht unpünktlich zum Essen kommen, »Kinder, euer Vater wartet nicht gern«, zweitens: bitte, bitte nicht unverheiratet schwanger werden, lieber abtreiben, wenn wir jemanden finden, der es tut. Unter ihren Kindern mochte sie am liebsten den Jüngsten oder die Jüngste. Sie liebte Säuglinge, weil sie unschuldig, unkritisch und von ihrer Mutter ganz abhängig sind. Sie konnte sie festhalten. Sie war die Lebensquelle dieser Wesen. Sie sang schief, aber für Babys hat sie versucht, Wiegenlieder zu summen. Sie hatte keine Stimme und auch keine Milch und musste uns, Pauline und mich, in der Kriegszeit mit dem

Fläschchen ernähren, aber es waren die besten Momente ihres Lebens: Sie hielt in den Armen einen kleinen warmen Körper. Das Baby lebte, aß, verdaute, es weinte, es quietschte vor Vergnügen. Sie empfand, denke ich, beim Füttern eines Kindes eine große Ruhe. Niemand verurteilte sie, niemand lachte über sie, ihr zahnloses Kind lächelte sie an. Diese Augenblicke waren real und ideal. Sie spürte sie durch und durch. Das Baby und sie waren da, echt, sichtbar. Der Zauber verschwand, wenn ein Säugling zum Kind wurde, weglief, einen eigenen Willen entwickelte, die Tür hinter sich zuschlug, freche Antworten gab. Es gibt ein Foto aus den Fünfzigerjahren von ihr und uns größeren Kindern. Wir gehen ernst und zerknittert mitten auf einer schmalen Straße in Gap, an ihrer rechten Hand meine Schwester Pauline, ich an der Hand von Pauline, an der linken Hand meiner Mutter mein Bruder Philippe (das letzte Kind war noch nicht geboren, das älteste zu Hause), wir nahmen die gesamte Breite der Straße ein. Wir sehen aus wie eine Girlande nach einem Fest. Ich selbst war erst zwei Jahre alt und schon die ältere Schwester von jemandem, von Pauline.

Als Teenager forderte ich Maman immer wieder heraus, schüchterte sie ein. Ich provozierte sie gern, trieb sie zum Äußersten, dann schlug sie mich, im Grunde nur, weil sie um sich schlug. Was ich damals gewiss mehr liebte als sie, war die Natur, die die Alten pathetisch, aber treffend, »Mutter Natur« nannten.

»Unsere Mutter«, sagte ich zu Pauline, »die sprach nur mit der Wäsche und mit Babys.« Es stimmte. Das Baby aber, das nur ein Wort am Telefon war, rundete sich in mir ab, nahm eine Urform an, bekam einen Babyleib – und schrie. Sie war es. Maman kam am 29. Dezember 1916 um 17 Uhr in Lyon als Renée Gagnieux zur Welt. Ihre Mutter Cécile starb eine Stunde später.

Cécile stirbt (1)

Bald werden die Glocken am Krankenhaus Hôtel-Dieu sechsmal läuten. Der eilig gerufene Priester hat ihr die letzte Ölung gespendet, eine Hospizschwester sitzt an ihrem Bett und wartet geduldig auf den nahen Tod der alten Gebärenden. Vielleicht lässt die Krankenschwester ihren Rosenkranz zwischen den Fingern gleiten oder sie wirft einen schnellen Blick auf *Le Progrès*, die Tageszeitung vom 29. Dezember 1916, die auf einem Beistelltisch liegt. Sie betrachtet voll Ehrfurcht das Foto von zwei Helden aus Verdun, der eine hat einen Verband um den Kopf, der zweite steht auf Krücken, zwei der exemplarischen Sieger an der Front, die die Deutschen zum vorläufigen Rückzug gezwungen haben. Die Nonne freut sich über die Niederlage der Deutschen. Sie weiß nicht, dass der Krieg noch zwei Jahre dauern und Millionen Tote fordern wird. Die Nonne seufzt oder hustet, raschelt mit der Zeitung, Céciles Augenlider aber sind zu schwer, sie nimmt nichts davon wahr. Sie hört auch nicht mehr, dass die Frau, erschrocken von dem Wort »Inferno«, Verdun als Inferno, die Zeitung wieder zusammenfaltet, sich am Waschbecken die Hölle aus den Händen reibt, dann ans Fenster tritt. Die Nacht ist hereingebrochen, bald werden die Straßenlaternen leuchten. Sie trottet zum Bett der alten Gebärenden, um den schwachen Puls zu prüfen, ja, die arme Sünderin lebt noch, jedoch wird sie nie erfahren, dass sie ein Mädchen zur Welt gebracht hat, nach ihrem Wunsch Renée genannt, traurig für die Frau, traurig für die kleine Bastardin, traurig für uns alle, man sollte zum barmherzigen Gott beten, dass Er die Waise zusammen mit ihrer Mutter zu sich nimmt, denn was wird aus dem winzigen, einsamen Ding, falls es bei dem Federgewicht überhaupt am Leben bleibt?

Ich lege mich zu Cécile und flüstere ihr ins Ohr, dass aus Renée eine Mutter werden wird, mit fünf Kindern, zehn Enkelkindern und neunzehn Urenkeln.

Cécile stirbt (2)

Vielleicht sieht sie noch ihr Leben vorüberziehen. Oder sie erblickt darin nur das Großgedruckte, die Überschriften, ein
paar Schwarz-Weiß-Bilder, so wie die wachende Krankenschwester, die nun die Zeitung zerknüllt, in den Papierkorb
wirft und gleich wieder herausfischt und glättet, im Gefühl,
den zwei Helden von Verdun ein zweites Mal Verletzungen zu-
gefügt zu haben, ach Gott, die Krücken zerknittert, den Verband und die Nase darunter zerfurcht. Sie streicht das Blatt
glatt, legt es zurück auf den Tisch, wäscht sich erneut die Hände, kramt wieder ihren Rosenkranz aus der Tasche. Lieber
Gott erbarme dich dieser Sünderin, lass sie zu dir ins Him-
melreich steigen. Cécile aber klettert gerade rittlings auf das
weiße Pferd eines Karussells, ein Jahrmarkt, 1875. An diesem
Frühlingssonntag strahlt die Sonne über die Stadt. Mit einer
Hand über den Augen blinzelt das Kind zu seiner Mutter (der
habe ich die Lippen rot geschminkt und einen kecken Hut
aufgesetzt) und deren Begleiter, die neben dem Karussell stehen. Cécile guckt, ob die Mutter guckt, als sie die Pferdemäh-
ne streichelt, die sich glatt und kalt anfühlt. Und dann star-
tet das Karussell, das ein Junge und ich zusammen antreiben
und schieben, Farben fließen im Kreis, die Kinder kreischen
und winken, auch Cécile beginnt zu kreischen und zu zeigen,
wie sehr sie sich amüsiert. Als sie an ihrer Mutter vorbeirei-
tet, merkt sie, wie der Mann den Kopf zum Nacken der Mutter senkt und ihn küsst, sie ruft, aber schon sind die beiden aus

ihrem Blick geraten, bald sind sie wieder da, sie ruft und ruft abermals, die Mutter schaut jetzt leider zum Mann hoch, der Cécile gleich vom Pferd hebt, weil die Runde so schnell vorbei ist. Später begleitet der Mann sie nach Hause. Cécile läuft und trödelt hinterher. Das Pflaster der Straße glänzt. Am Rand wächst Löwenzahn. Sie pflückt eine Pusteblume, bläst sie weg und staunt über die weiße Milch an ihren klebrigen Fingern. Ich schicke ihr den Mann, der sie hochhebt und huckepack trägt. Cécile drückt sich gegen seinen Rücken und spürt seine Wärme. Sie riecht an seiner Haut und lässt den Kopf auf seine Schulter sinken. Der Mann wiehert und trottet die Straße hoch. Ich bleibe mit Cécile draußen, als ihre Mutter sich mit dem Mann in das einzige Zimmer der Wohnung einschließt. Wir sitzen auf den Steintreppen vor dem Wohnhaus. Sonne und Wind fegen über den Bürgersteig. Eine Eidechse sonnt sich auf einem Pflasterstein. Eine Katze stürzt sich drauf und Cécile schreit und macht die Augen zu. Als sie sie wieder öffnet, sind Katze und Eidechse verschwunden. Als der Onkel geht und Cécile wieder ins Zimmer darf, ist ihre Mutter dabei, sich zu waschen, Mit der linken Hand hält sie den hochgerafften Rock. Sie hat zwei lange weiße Beine, die Cécile plötzlich an die gestreckten Hinterbeine des weißen Karussellpferds erinnern. Dann ordnet die Mutter ihr Kleid, zeigt auf den Geldschein auf dem Tisch. »Geh zum Metzger«, sagt sie.

Cécile mag nicht.

»Deine Mutter ist eine Hure«, hat der Metzgersohn einmal zu ihr gesagt.

»Und dein Vater ihr bester Kunde«, hat Cécile geantwortet, wie von der Mutter eingetrichtert.

Cécile stirbt (3)

Woran stirbt sie? An Hämorrhagie, Blutvergiftung, totaler Erschöpfung? Das Krankenhaus Hôtel-Dieu in Lyon, alle Krankenhäuser sind überfüllt. Ob es für eine bettelarme Frau ohne Mann und ohne Begleitung, Zeit und Kapazitäten genug gibt? Taucht in den Nebelschwaden ihres Komas der Metzger, andere Freier oder eine Jugendliebe auf? Sie ist 1871 geboren und hat nur 45 Jahre gelebt, ein kurzes, beschissenes Leben zwischen zwei Kriegen gegen Deutschland. Denkt sie noch kurz an ihre Kinder? Renée war ihr drittes Kind, alle drei von unbekannten Vätern, und die zwei ersten sind längst tot. In ihrem Totenschein wurde sie als ménagère registriert, der Deckname von Berufslosen, Hausfrauen, Putzfrauen, Dienstmädchen, Straßenmädchen, in anderen Dokumenten als Hilfsweberin oder Wäscherin. Man darf annehmen, dass sie sich wie viele Arbeiterinnen auch prostituierte, im Kielwasser ihrer ebenfalls ledigen Mutter. Nach einer Revolte im Jahr 1831 hatten die Seidenarbeiter, Frauen und Männer, vergebens versucht, einen Mindestlohn auszuhandeln. Drei Jahre später gab es eine neue Rebellion, ebenfalls blutig im Keim erstickt, die 320 Tote forderte, allein in La Croix-Rousse. In der Dritten Republik bis ins zwanzigste Jahrhundert konnte keine Seidengehilfin, Wäschefrau, Dienstmädchen, Munitionsfabrikarbeiterin ohne Mann ihre Kinder mit ihrem Hungerlohn ernähren, der nur die Hälfte des ohnehin miserablen Männerlohns betrug, und viele überlebten nur dank der Prostitution. Der Generalgouverneur der Stadt Lyon war äußerst besorgt, nein, nicht um das Elend der Mädchen und Frauen, sondern um die »durch die illegale Prostitution bedrohte Gesundheit der Truppen«. Man müsse schnell und unmittelbar den Feind (die Syphilis) angreifen, der »noch gefährlicher sei als der Boche«. Und was hat Maman uns Mädchen, Aline, Pauline, Lisa und mir, anderes weitergegeben als diese Verachtung und Selbstverachtung der Frauen, die obskure Angst vor Männern, vor der Liebe, vor der Schande, »Mädchen, passt auf, alle Männer sind Schweine«, als wäre auch unser Vater ein Schwein, dieser mal melancholische, mal cholerische Mensch ein Schwein? Das Grunzen im Bett meinte sie, dem Mann haftet seine Geilheit an, dem Tier die Brunst, das hatte mit Liebe nichts zu tun. Das Schwein, das Maman in jedem Mann zu erkennen glaubte, das Schwein grunzte als Freier, als die Menge der Freier ihrer Mutter und ihrer Großmutter, ohne dass sie irgendetwas über sie erfahren hätte. »Mädchen, alle Männer sind Schweine.« Unbewusst geißelte sie mit dem primitiven Spruch die bürgerliche Ordnung wie die patriarchale Haltung einer Epoche, die bis zur Erfindung der Pille andauert: Die Hilfsarbeiterin eines Seidenproduzenten, die Wäscherin, das Dienstmädchen eines bürgerlichen Hauses konnte ihre Kinder nicht von ihrem Lohn ernähren. Im Ersten Weltkrieg sowieso nicht. Prostitution war gang und gäbe. Die Männer bumsten und zahlten. Die Frauen entbanden und starben.

Cécile stirbt (4)

Sie verblutet. Die inneren Blutungen breiten sich in der Bauch-
höhle aus, sickern sogar aus dem grob zusammengenähten
Kaiserschnitt. In ihrem letzten Erinnerungsfluss ragt jetzt das
Kruzifix des großen Asylsaals, *la salle d'asile*, in dem sie mit
hundert Kindern zusammen die ersten Buchstaben lernte. Ich
stehe hinter ihr, als eine Nonne wie jeden Morgen auch ihr das
Gesicht und die Hände wäscht, bevor sie mit den anderen kleinen Kindern der Armen aus La Croix-Rousse auf den Bänken
Platz nimmt und, im Angesicht Christi, die großen Farbtafeln
der vier Jahreszeiten auf dem Land ansehen oder Buchstaben
und Silben im Chor schreien: »ba ca da fa – be ce de fe – bi ci
di fi – bo co do fo – bu cu du fu.«

Unzählige Kinder verheddern sich im Geschrei, es ist eine
sinnlose Schlacht der Vokale, die Partisanen von Bucudufu gegen die Anhänger von Bocodofo, jedem seinen Schlachtruf,
während Cécile aufs Geratewohl »bicidifi«, »becedefe« säuselt.
Die Buchstaben an der schwarzen Tafel sind näher als die Ster-
ne im Nachthimmel und doch so viel fremder. Manchmal singen die Kinder religiös abstruse und patriotische Lieder, »Der
kleine Jesus geht in die Schule« oder »Ich bin Jeanne la Lorrai-
ne«. Cécile erfährt, dass die Heldin, Jeanne die Lothringerin,
die den Vornamen von Céciles Mutter trug, Schafe und Ziegen
hütete, bevor ihr ein Erzengel erschien und ihr befahl, in den
Krieg gegen die Engländer zu ziehen, die sie gefangen nahmen
und auf einem Scheiterhaufen verbrannten. Bei lebendigem

Leib verbrennen tut schrecklich weh. Unsere Feinde sind nicht mehr die Engländer, sondern die Preußen. Die spießen kleine Kinder auf. Wer und wo sind die Preußen? Pschschscht … Man darf nicht fragen, man darf nicht sprechen, jetzt nicht. Auch viel später, in den Fünfzigerjahren durfte man das nicht. In der Pause begleite ich Cécile auf den Hof, wir blinzeln in die Sonne und bilden große Kreise mit den anderen Kindern. Wir singen: »Können sie Kohlköpfe pflanzen? Wir, wir, wir können es.« Cécile hat dauernd Hunger. Sie betrachtet die anderen, fast alle Kinder haben ihren Proviant aufgegessen, nur der blasse, dickere Junge, der immer hustet, kaut noch an seinem Brot und beißt mit seinen schlechten Zähnen winzige Stücke davon ab. Wir nähern uns ihm, zeigen auf das Brot: »Gibst du mir was ab?« Der Junge schaut Cécile lange an, mit blassen Augen, er runzelt die Stirn und eine kleine weiße Narbe gerät in Bewegung, dickflüssiger Schleim fällt auf das Brot. Wir drehen uns um, sagen nur: »Friss deinen Rotz selbst, du Idiot.« Dann gehen wir zu einer Nonne und brummen nur das Wort: »Hunger.«

Die Nonne sagt: »Cécile, mein Kind, jedes Opfer bringt dich dem Himmel näher.«

Cécile will keinen Himmel, nur ein Stück Brot und wir wiederholen höflicher, aber lauter: »Ich habe Hunger, Schwester.«

Die Nonne verwandelt sich, ihre Augen glühen gelb, sie zeigt die Zähne: »Dann friss deine Hand!«

»Friss deine Hand!«, singen die Kinder gemeinsam, »Friss, friss deine Hand!«

Wir gehen erst mit zehn Jahren in die Schule, erst seit 1881 kostet sie kein Schulgeld mehr, eine Hauptschule, endlich laizistisch, und wir schauen auf eine Zeitungsseite, die der Lehrer zeigt, darauf ein Foto: Ein kleiner Mann mit gefesselten Händen geht die Treppe hoch zur Guillotine, er trage, erklärt der Lehrer, das Hemd der Vatermörder. Schon als Kind und später bei seinen Herren habe er Sachen mitgehen lassen. Der Lehrer zeigt auf ein Kind, das in der Ecke der Klasse steht, ein Schild »Dieb« auf dem Rücken. Die Hinrichtung des Mörders haben sich fünftausend Leute angeschaut. Das Blatt wird weitergereicht. Wir zittern.

»Das kann dir nicht passieren«, flüstert Céciles Banknachbarin, »du hast keinen Vater.«

Cécile stirbt (5)

Ihr Puls schlägt nur schwach.

Die Rhône fließt jetzt als Nebenfluss in ihren Erinnerungen. Cécile ist dreizehn, als sie in die Seidenfabrik geht. Sie arbeitet einige Monate an dem Jacquard-Webstuhl, aber die Seidenindustrie in Lyon hat zu schwächeln begonnen, die Konkurrenz der Seide aus Milano und die billigere Mischseide aus China setzen ihr zu. Das Mädchen wird für ein paar Groschen als Hilfswäscherin eingestellt, taucht seine Hände ins kalte Wasser des Flusses. Ich entdecke sie auf Schwarz-Weiß-Fotos aus dieser Zeit. Ich sehe, wie sie ausgerüstet mit einem Brett, einem Holzklopfer, einer Bürste und Kernseife in einer großen Waschanlage an der Rhône steht. Neben ihr arbeiten zwanzig oder mehr Frauen, frische und schrumpelige, dünne und dicke, alte und junge, alle mit hochgekrempelten Ärmeln und hängenden Haarsträhnen, schwitzend, beladen mit Körben voller Wäsche. Betttücher, Tischtücher, Gardinen, Hemden, Blusen, lange Unterhosen, Manschetten: Es wird eingeseift, geklopft, gerieben, geschrubbt, gebürstet, ausgewrungen, wir blasen auf ihre kalten Finger, träumen uns eine Minute weg und hoffen, dass sich auch der Fleck verflüchtigt, den wir eben nicht wegbürsten konnten. Der wird bleiben.

In den nächsten Jahren stecken wir Nase und Hände in den befleckten Alltag. Wir reiben an Fettflecken, Soßenflecken, Tintenflecken, Farbflecken, Weinflecken, Sirupflecken, Blutflecken, Spermaflecken, Grasflecken, Obstflecken, Kaffee- und

Teeflecken, Kot- und Urinflecken, Schminkflecken. Asche-, Erde-, Kohlespuren, einseifen und wegbürsten, wegschrubben, auflösen, zersetzen, vertilgen. Wir pusten auf die Frostbeulen. Auf dem Foto lachen manche Frauen. Für den Fotografen? Ab wann gewöhnt man sich an die Wäscherei?

In den letzten Lebensminuten von Cécile wehen auch die blau-weiß-roten Fähnchen des 14. Juli. Ich sehe sie gern, die Fünfzehnjährige, in einem blauen Kleid hüpfen, das ein Freier der Mutter ihr geschenkt hat. Akkordeon, ein Walzer, eine Polka, in der Luft der Geruch von Waffeln, ein Schnurrbart kitzelt ihren Hals, süße, gesäuselte Worte, die bestirnte Nacht, die Farben der Kleider, der Laternen, die Musik, der Wein, den man ihr spendiert hat, es dreht sich alles ein bisschen, alles ist verzaubert. Sie will aber die Wörter der Mutter beherzigen, »folge niemals dem Mann, der sagt, er liebe dich, wenn du ihn erst seit einer Stunde kennst. Der Wolf mag das Fleisch des Lammes.« Diese Worte aber verlieren an Geschmack, tauchen in der fröhlichen Menge unter und werden weggetanzt. Und als der Freier der Mutter, der ihr das blaue Kleid geschenkt hat und den sie nicht seit einer Stunde kennt, sondern seit dem Karusselltag, sie zum nächsten Walzer einlädt, entfernt er sich wirbelnd mit ihr von der Menschenmenge, etwas weg, weiter weg, hinter den Platz, hinter die Büsche, er hält sie fest und murmelt ihr ins Ohr, dass man alles im Leben zurückzahlen muss, hat er das wirklich gesagt? War das sein Spruch, oder hat er etwas ganz anderes gesagt, etwas über ihre Figur, ihr Kleid, ihren Geruch? Und sie, Cécile, die nicht auf den Kopf gefallen ist, hat instinktiv die süßen Worte umgewandelt, gesäubert, in die echte Währung umgemünzt, nur zu spät.

Cécile stirbt (6)

Und im Frühjahr 1916, im Krankenhaus von Villemanzy, dem Montée Saint Sébastien im Viertel La Croix-Rousse, ihrem eigenen Viertel, reiche ich ihr den Putzlappen, den sie auswringt. Zahlreiche deutsche Kriegsgefangene werden da behandelt, bevor sie gegen verletzte Franzosen ausgetauscht oder in Kriegsgefangenenlager geschickt werden. Cécile hat wie immer den Fußboden geputzt, wie immer das Fenster geöffnet. Der Mond scheint, rund, gleichgültig. Cécile atmet tief aus. Wir schauen in die Nacht, eine frische Juninacht. Die Kranken und Verletzten schlafen oder jammern, als sie seine Stimme vernimmt. Ruft er, weint er? Cécile nähert sich einem Bett, ein feuchtes Auge sieht sie an, ein einziges Auge. Sie weiß, dass der deutsche Gefangene im Bett 56 schrecklich entstellt ist, sein Körper ist zwar intakt, die linke Hälfte des Gesichts aber ist zu einem großen Teil weggeschossen. Sie sieht ein einziges, blaues, weinendes Auge. Armer Junge. Sie glaubt zu hören: »Bin ich ein Monster?« Vielleicht habe ich ihr die Übersetzung zugeflüstert, sie denkt »oui« und antwortet: »*Non, vous n'êtes pas un monstre*«, Sie sind kein Monster. Ich bleibe bei ihr, als ihre noch vom Wischwasser weiche Hand die rechte Wange des Gefangenen streichelt. Es sieht aus, als ob er das blaue Auge noch weiter öffnet. Wie heißt du?, fragt sie, »*Comment tu t'appelles?*« Sie beugt sich zu ihm hinunter. Er hebt die Arme hoch, nimmt ihren Kopf zwischen seine Hände. Und nach dem ersten Schreck fühlt sich ihr Gesicht auf einmal ganz anders an.

Gewärmt, geschützt. Etwas Hartes und Krummes und Altes schmilzt in ihr und in mir zusammen. Als er die Hände wieder senkt, legt sie ihr Gesicht auf seine Brust. Wie heißt du? Sie spürt seine Finger in ihr Haar gleiten.

Cécile stirbt. Die Zeit ist für sie aufgehoben. Lyon, das Krankenhaus, die Rhône, die ganze Welt, alles versinkt in der Dunkelheit. In den letzten Lebenssekunden wird sie wieder zum Kind, rennt die Straße vom Croix-Rousse hinunter und hält an, um zwischen den Pflastersteinen der steilen Straße einen Löwenzahn zu pflücken. Pusteblume. Musik, Akkordeon, Jahrmarkt. Freudenschreie. Ein Karussell. Etwas lacht und weint in ihr. Es flackert das Wort *Auge* im Nebel der Worte auf: Pusteblume, Kind, Leben, Krieg, Soldat, sie spürt ihr Gesicht zwischen zwei Männerhänden. Ganz leicht atmet sie die Vergangenheit aus. Fünfundvierzig Jahre entrollen sich, wellen sich wie ein weißer Stoffballen und fallen nacheinander ins Nirgendwo. Am Turm vom Hôtel-Dieu schlagen die Glocken sechsmal. Der Mond ist aufgegangen, die Straßenlaternen leuchten.

Blaue Augen

Ich habe Cécile und mich mit einem leichten letzten Bild getröstet, die Pusteblume, die man auf heutigen Traueranzeigen sieht, ja, ein anmutiges Symbol der Vergänglichkeit musste her, um den schrecklichen Tod erträglicher zu machen. Das Leben der Sterbenden wurde von mir ins All gepustet. Ich kann mir denken, dass Cécile, falls sie nach dem Kaiserschnitt überhaupt noch mal aus der Äthernarkose erwachte, unter fürchterlichen Schmerzen litt. Ich kann mir vorstellen, dass sie sich fragte, ob das Kind am Leben war, womöglich hoffte sie, dass ihr Kind die Geburt nicht überlebt hatte, genauso wie das tote Baby, das sie schon 1893 geboren hat, als sie selbst erst zweiundzwanzig Jahre alt war, ihr zweites Kind war 1904 mit vier Jahren an Tuberkulose gestorben. Beide Kinder ohne anwesende Väter. Warum hätte sie sich mit fünfundvierzig Jahren wünschen sollen, noch ein lebendes Kind zu gebären, als Alleinstehende, ohne Beruf und wahrscheinlich ohne Einkommen? Ich könnte mir sogar vorstellen, dass, falls sie noch einmal wach geworden sein sollte und sich hat sterben sehen, sie ihren eigenen Tod als glückliche Fügung angenommen hat, als Befreiung von der Armut und allen Lebensqualen, endlich ruhen, sich keine Sorgen mehr um das bloße Überleben machen, nie mehr Hunger leiden, nie mehr in einem Krankenhaus voll mit vor Schmerzen brüllenden Soldaten putzen müssen. Falls sie dort geputzt hat. Und falls meine Großmutter ein letztes Mal an einen Mann dachte, dann womöglich an einen Freier und dessen Schwanz, den er in seiner Fickekstase nicht rechtzeitig zurückzog, weil es sein Vergnügen geschmälert hätte und es ihm wurst war, ob er sie schwängerte. Klar, hätte ich lieber, dass sie mit den Händen des deutschen Soldaten um ihr Gesicht gestorben wäre.

Ich, die ich von Deutschland als Zwanzigjährige angezogen wurde, einen Deutschen geheiratet habe, und dort immer noch eifrig versuche, mich in diesem Land zu beheimaten, indem ich Romane und sogar die Geschichte meiner Mutter auf Deutsch schreibe, ich gehe so weit, germanische Wurzeln in mir selbst erkennen zu wollen. Oh là là. Als gäbe es nur in Deutschland Menschen mit blauen Augen und blondem Haar wie Maman und meine Geschwister. Als versuchte ich, einen Familienfluch in meiner eigenen Geschichte zu erkennen, das Schicksal, das als Bischofsstab mein Leben, unser Leben geleitet hätte. Ich kann mir nur wünschen, dass Cécile nicht mehr zu sich kam, dass keine Erinnerungen mehr wachgerufen wurden, dass alle Erinnerungen von Chloroform und Morphium verdünnt, getrübt, verschlammt worden sind, dass sie blind und definitiv in den Betäubungsmitteln versunken sind und getilgt wurden. Ich werde nie erfahren, woher meine Mutter stammt. Meine Geschwister und ich können nur das trockene, bürgerliche Vatererbe dokumentieren. Die Mutter, die Großmutter, die Urgroßmutter, die Textilarbeiterinnen und Wäscherinnen sind zu einem weißen Elefanten unserer Fantasie geworden, ein Tier, das uns immer noch weiter in ausgefranste Gebiete zieht.

Nummer 9

Ich sitze Madame Brun im Nacken und schaue der Kinder-
schwester über die Schulter ins winzige Gesicht meiner Mutter. Die Augen sind zu. Die Lider wie durchsichtig. Ich streich-
le leicht die zerknitterte Haut. Madame Brun hat Renée
gewaschen und in Moltontücher eingewickelt. Sie räumt dem
Kind keine großen Überlebenschancen ein. Der Priester will
ihr den Limbus infantium ersparen und tauft sie in Gegenwart
von Madame Brun am 31. Dezember: Renée, die Wiedergebo-
rene. Renée schreit, als das Weihwasser ihre Stirn berührt. Daraufhin steckt ihr die Schwester routiniert das Fläschchen zwischen die Lippen. Sie tut nicht nur ihre Pflicht: Sie kämpft, hat
das Kind noch nicht aufgegeben. Und sie staunt: Renée trinkt
tatsächlich die Milch aus. Madame Brun wartet also noch ein
paar Tage, wer weiß, vielleicht fällt es der Retterin schwer,
sich von ihr zu trennen, den Säugling seinem Waisenleben
zu übergeben. Mir gefällt der Gedanke, dass Madame Brun
meine Mutter gerettet hat. Vielleicht verdankt ihr Renée fünf
Tage Zärtlichkeit, die einzigen ihres Säuglingslebens, denn
am 4. Januar macht Madame Brun, wozu sie verpflichtet ist,
sie bringt die kleine Waise zur Abteilung der verlassenen Kinder. Gewiss würde für Renée alles gut gehen, wenn Madame
Brun oder eine andere freundliche Frau sie jetzt adoptieren
würde, wer wollte aber mitten im Krieg ein Kind zu sich nehmen, wenn so viele Männer an der Front kämpften und fielen
und so viele Frauen allein mit ihren eigenen Kindern bleiben?

Die Aussetzungen von Neugeborenen schießen in die Höhe. Prostituierte, Vergewaltigte, Arbeitslose, verführte Mädchen aus bürgerlichen Familien, die ihr unerwünschtes Kind loswerden mussten, auch Frauen, deren Männer im Krieg und die selbst arbeits- und mittellos sind. Wenn die Babys kräftig genug sind, werden sie in einer Pflegefamilie untergebracht, meistens bei Bauern auf dem Land, die das Versorgungsgeld gut brauchen konnten.

In den Archiven von Lyon fand meine Schwester Lisa diese Notiz:

Am 29. Dezember 1916 um 17 Uhr nachmittags wird das Kind Renée Gagnieux, weiblichen Geschlechts, geboren und am 31. Dezember im Hôtel-Dieu katholisch getauft, zur Aufnahme in die Krippe des Hôtel-Dieu gebracht. Die Krankenschwester Madame Brun berichtet, dass die Mutter des Kindes an den Folgen eines Kaiserschnitts im Hôtel-Dieu gestorben ist. Es ist keine Familie aufzufinden. Das Kind bekommt die Medaille Nummer 9 und wird in der Abteilung für Waisen und verlassene Kinder unter der Nummer 59 998 eingeschrieben. Es wiegt ein Kilo siebenhundert Gramm und trägt die Säuglingskleidung des Hôtel-Dieu.

Es gab in der Tat eine Madame Brun. Ihre Fürsorge habe ich erfunden, oder auch nicht. Die Kinder werden bis zu ihrer Volljährigkeit unter staatlicher Fürsorge stehen. Sie bleiben einige Wochen oder Monate im Hôtel-Dieu und verbringen die Tage im Bettchen, werden nur zur Nahrungsaufnahme und zum Wickeln herausgeholt. Maman ist sieben Monate alt, als sie zu einer Bauernfamilie in der Ardèche gebracht wird.

Eine Fahrt in die Ardèche

Fünf Tage alt liegt sie aber zunächst im Säuglingssaal des Hôtel-Dieu zwischen anderen Waisen und ausgesetzten Säuglingen. Blass wie Aspirin stecken sie alle im Schlauch eines weißen Moltons und ähneln, an sich lustig, den Kokons der Seidenraupen, die manche ihrer Mütter reinigen und abhaspeln. Eine Schreibkraft sucht in ihren Unterlagen nach Familien und Ammen, die, gegen entsprechendes Staatsgeld, bereit wären, einen Säugling aufzunehmen und großzuziehen. Diese waren auf dem Land zu finden, wo sie später als kostenlose oder billige Hilfskräfte ihren Pflegeeltern zur Seite standen. Im Sommer 1917 wird die Schreibkraft in der Ardèche fündig und Renée, sieben Monate alt, macht ihre erste Zugreise. Eine junge Krankenschwester trägt sie in einem Korb und freut sich auf die Reise, ein kleiner Urlaub von der Hölle Hôtel-Dieu. Wir steigen ein. Die Lokomotive pfeift und spuckt graue Wolken aus. Mit der Nase am Fenster betrachtet die Schwester die Landschaft mit Begeisterung. Abschüssige Hügel, heraufsteigende Weinfelder, blumige Wiesen, hier schlängelt sich ein kleiner Fluss, da erblickt man große Bäume, Esskastanien?, rätselt die junge Frau. Zwischen den Wolken blickt ab und zu die Sonne durch. »Wie schön Frankreich wäre«, seufzt sie, »ohne Krieg. Hier wirst du es gut haben, meine Kleine.« In Tournon-sur-Rhône steigen sie in einen kleineren Dampfzug, der sie weiter Richtung Lamastre fährt. Und die junge Schwester, die sich selbst nie so weit von Lyon entfernt hat, schwärmt noch mehr von der Wildheit der Schlucht, erschrickt in jedem Tunnel. Als sie aus dem Bahnhof von Colombiers tritt, bricht ein Gewitter über sie herein, Blitze leuchten auf, Hagel fällt. Die Schwester ist erleichtert, als sie einen Mann mit Schirm aus einem Wagen aussteigen sieht, der sich als ein Angestellter des Bürgermeisteramtes von Gilhoc zu erkennen gibt, zuständig für die in Familien untergebrachten Waisen. Er entschuldigt sich, dass er sie nicht schon in Tournon habe abholen können, »aber Sie wissen, wie das ist, zurzeit wird jede Seele im Amt gebraucht, es sind so viele Männer in den Krieg gezogen, noch hatte ich Glück. Wir bringen jetzt das Kind zu seiner neuen Familie«. Die ganze Strecke über spricht er vom Krieg. Die Pflegefamilie von Renée habe einen Sohn in Verdun verloren. Viele hier haben ihre Söhne verloren. Deutsche Gefangene würden in den Bauernhöfen arbeiten, sie wären froh, dass sie nicht mehr an der Front kämpfen müssen, sie würden hart und fleißig arbeiten, »können Sie sich das vorstellen, liebe Frau, den Sohn hat der Fritz getötet und jetzt nimmt der Fritz quasi seinen Platz ein?« Sie werden trotzdem anständig behandelt, man ist auf sie angewiesen. Die junge Frau möchte sich das gar nicht vorstellen, sie schaut fröhlich auf das Kind, auf den Mann, auf die Landschaft und sagt, »Ja, mein Herr, das ist alles sehr traurig«. Es hat aufgehört zu regnen, schon sieht man ein Stück blauen Himmel, schon lugt wieder die Sonne hinter den Wolken hervor. Die Schwester hört kaum, lächelt das Dorf und die Wiesen an, sie spürt, dass der Fahrer aus dem Blickwinkel auf ihre rosafarbenen Wangen schaut, ihr lebhafter Blick streichelt aber die Häuser, die Höfe und die Kinder, die auf einer Wiese spielen, sie hat sanfte Hände, einen weichen Bauch, sie weiß, dass sie jung und gesund und frei ist, erst nach dem Krieg heiraten und ein eigenes Kind haben wird. Sie hat ihren Auftrag erfüllt und noch so viel, so viel Leben zu leben.

Pflegeeltern

Alphonse und Anne-Marie sind arme Bauern. Er ist schon über fünfzig, geht leicht gebückt, aber ist noch stark, mit Pranken, die er, wenn er gerade keine Sichel, Hacke oder Schaufel hält, in die Seiten stemmt, wenn einer ihn anspricht. Sie ist erst Anfang vierzig, aber schon abgearbeitet, tiefe Falten um den Mund, der Haarknoten grau. Sie sind auf das Geld der Fürsorge aus Lyon angewiesen, sie haben den eigenen Sohn vor einem Jahr im Krieg verloren, die älteste Tochter ist auch mit einem Bauern verheiratet, die Jüngste arbeitet als Dienstmädchen in Tournon. Alphonse und Anne-Marie schuften Tag für Tag auf den Feldern und im Stall. Sie lächeln nie. Als wäre Lächeln eine Schwäche, eine Wunde, in der andere herumstochern könnten. Das Leben ist hart, da muss auch der Mensch hart sein, wo die Härte aufhört, wird das Leben rutschig wie ein Kuhfladen. Der magere, hustende Säugling, der ihnen anvertraut wird, ist kein Mensch, er ist ein Mittel zum Zweck, ein Vehikel, das Geld bringt, er kann keine Zuneigung erwarten.

Ich trete ein, gehe auf den Bauernhof in der Ardèche. Im Zentrum glänzt ein Kirschbaum auf dem Hof, dunkel und breitbeinig steht der Bauer davor, als verbiete er uns den Zutritt zum Baum, der Bauer Alphonse, der Renée das Fürchten lehrt. Sie wird immer wieder von dem schönen Baum angelockt, sie krabbelt hin, so oft sie kann, hockt darunter, hingerissen von seiner Größe, von der Menge an Zweigen, an

Blättern, praller Kirschen, von der schimmernden Rinde des Stammes. Sie bleibt in seinem Schatten, hört die Blätter rascheln und verliert sich, so lange, wie man sie lässt, im Anblick der betörenden Krone, hofft wohl, dass eine Frucht, eine dunkle, saftige Kirsche aus heiterem Himmel auf sie fallen würde. Sie hängen fest. Sie mag auch die Trollblumen und die Libellen am Fluss, wenn sie mit Anne-Marie dort Kresse pflücken geht. Sie schaut respektvoll auf den bunten Hahn mit dem hektischen Hin-und-her-Blick und seinem Hühnergefolge. Vor allem versteckt sie sich gern in der Scheune, da ist sie schon älter, vier, fünf, als sie darin verschwindet, sich ein Nest im gut riechenden Heu gräbt. Ihre Finger spielen mit dem Licht, das zwischen die Dachziegel fällt. Die besten Augenblicke aber verdankt sie der Sonntagsmesse. Sie sitzt still und sauber neben Anne-Marie. Der Gesang, die Musik der Orgel, der Weihrauchgeruch, die bedächtigen Gesten des Priesters, eine heilige Erscheinung in gold-rot-weißem Gewand, flankiert von zwei Messdienern. Sie ist in einem magischen Moment aufgehoben, unsichtbar. Auf den Priester sind alle Blicke gerichtet. Niemand spricht sie an, niemand schimpft mit ihr. Anne-Marie hat sie vergessen, die Frau folgt hingebungsvoll der Zeremonie, hört die Predigt, betet für ihren verstorbenen Sohn, singt die Lieder mit, empfängt die Kommunion, das Kind ist für eine Stunde aus ihrem Leben verschwunden und es ist für sie wie für das Kind das Allerbeste. Anne-Marie muss nun auf diese Göre aufpassen, es darf ihr nichts zustoßen, kein Unfall, denn dann würde man sie ihr wegnehmen, und mit ihr das bisschen Geld, das sie einbringt, aber sie ist des Pflegekinds überdrüssig, wäre es am liebsten losgeworden, sie befindet sich in einer Zwickmühle, sie braucht das Kind, das

Kind ist eine Last, die Tiere, die Felder, das Holz, die Küche, die Wäsche und das Mädchen noch dazu.

Eine Vierjährige muss man dressieren, sie kann sich schon in der Küche oder auf dem Hühnerhof nützlich machen. Renée geht es aber immer schlechter. Es gewinnen die bösen Erfahrungen nach und nach die Oberhand: Der Hund, der meistens an der Kette vor seiner Hütte liegt und die Zähne fletscht, sobald sie in seine Nähe kommt, die rauen und ungeduldigen Hände von Anne-Marie, wenn sie sie sonntags wäscht, anzieht, an den Haaren zerrt, wenn sie ihr die Zöpfe flicht, ihr eine Kopfnuss verpasst, weil sie zu jammern beginnt, das stinkende Klo im Hof, die Kühe, die Anne-Marie nachmittags auf der Weide hütet. Wenn die Tiere vom Hund aus dem Stall getrieben werden und herauslaufen und Renée von Anne-Marie gezwungen wird, am Gemäuertor an ihrer festen Hand zu bleiben, brüllt sie vor Angst. Die Tiere rennen knapp an ihnen vorbei, Renée steht im aufgewirbelten Staub und sieht nichts mehr. Der Hund flitzt ihnen nach. Am Anfang ihres Lebens in diesem Dorf hat eine Kuh den Korb umgeworfen, in dem Renée lag und sie flog heraus und fiel auf die Nase, die brach. Obwohl sie sich später nicht daran erinnern kann, kommt ihre Panik vor Kühen zweifelsohne daher. Zwei Kinder im Dorf, ein Geschwisterpaar, schleichen sich zu dem Hof und suchen sie nur auf, um sie, das Findelkind, das Hurenkind, zu bespucken. Einmal haben sie eine Kreuzotter gefangen und verfolgen sie mit dem Reptil. Sie schreit und rennt zu Anne-Marie, die die Kinder vom Hof jagt. Sie lassen aber das Tier fallen und wochenlang fürchtet Renée, ihm zu begegnen. Ich teile ihre Angst vor Reptilien. Und dann der Bauer, Alphonse, der sie stets und überall findet, egal, wo sie sich versteckt, immer findet er sie. Eine Angestellte der Fürsorge klopft eines Tages an die Tür, das Kind ist erst drei, danach schreibt die Frau in ihrem Bericht:

Kränkliches Kind, schmerzende und tränende Augen, verdächtige Unterbringung, placement douteux.

Renée wird fünf, fünfeinhalb, sie spricht kaum und undeutlich, sieht ihre Umgebung immer weniger klar, nicht mal den Kirschbaum betrachtet sie noch, die Welt versinkt in graue Töne, überall, wohin sie schaut, öffnen und schließen sich schwere dunkle Türen, und jede aufgehende Tür macht das Zimmer noch dunkler, anstatt es zu erhellen, das Öffnen wird ein Zumachen, das sie nicht versprachlichen kann, die Suppe wird glasig und kalt, ihre Augen sind verklebt und tränen andauernd. Hat denn niemand in Lyon diesen Bericht gelesen? Man holt sie erst zwei Jahre später, am 18.10.1922 nach Lyon zurück. Sie bleibt zwei Tage im Waisenhaus vom Hôtel de la Charité, in dem sie untersucht und für gesund befunden wird. Und dann wird sie von Charles Legendre und seiner Frau Marguerite abgeholt. Sie ist bald sechs Jahre alt und soll später von diesem Ehepaar adoptiert werden.

Zweifel

Ich habe viele Zweifel. Ich weiß, dass meine Fragen nie gelöst werden können und ich mich mit den mageren Angaben in den Akten begnügen muss. Ein paar Worte pro Jahr, die sorgfältig mit feiner Feder und schwarzer Tinte gezeichnet wurden. Ich halte mich an diesen Strohhalmen fest. Über ihre ersten Monate in der Krippe des Hôtel-Dieu lese ich nur die Angabe ihres Gewichtes am Tag der Annahme und diesen ärztlichen Befund: »Husten, Durchfall, Grippe, vierzig Arztbesuche (Dr. Chanas)«. Ich frage mich, wie ein so schmächtiger Säugling damals eine Grippe überleben konnte. In ihrem Unglück hat Maman Glück gehabt. Es sind gewiss die vierzig Besuche des Doktors Chanas, die sie gerettet haben, seine Hände, seine Stimme, vielleicht legte er sein Ohr auf ihre Brust anstatt des kalten Stethoskops. Vielleicht rettete sie die Wärme seines Ohrs, seiner Wange. Vierzigmal. Und später in der Ardèche: Warum musste das dreieinhalbjährige Kind Renée weitere Jahre in einer Familie verbringen, die als »verdächtig« angezeigt wird? Weil noch keine Adoptionsanfrage da war und das Waisenhaus in Lyon nach dem Ersten Weltkrieg voll besetzt war? Wurde sie missbraucht oder geschlagen oder war sie unterernährt? Den Dokumenten der Archive zufolge hat in den zwei folgenden Jahren eine Vertreterin oder ein Vertreter der Fürsorge den Zustand des Kindes als ordentlich beurteilt: *bien sous tous les rapports* – »gut in jeder Hinsicht«. Kann das sein nach dem Bericht vom 10.9.1920, in dem das Kind tatsächlich als kränklich beschrieben wird und die Unterbringung, die Pflegefamilie als »verdächtig«, ein *placement douteux?* Wurden Alphonse und Anne-Marie gewarnt, wurde ihnen angedroht, dass man ihnen das Kind wegnehmen würde? Haben sie daraufhin ihr Verhalten dem Kind gegenüber geändert, es besser ernährt und gepflegt – wenn auch zu spät? Oder waren sie so schlau, dass sie fortan an den Besuchstagen das Kind entsprechend angezogen haben und gepflegt aussehen ließen, ihm sogar bestimmte Antworten auf die Fragen der Fürsorge eingetrichtert haben? Oder war es so, dass die Angestellte der Fürsorge beide Augen zugedrückt hat, weil man keine Unterbringungsalternative hatte?

Als ich meine Dokumentation zu Adoptionen in dieser Zeit durchblättere, erfahre ich, dass erst ein Gesetz vom 19. Juli 1923 die Adoption von Minderjährigen und Waisen ermöglicht hat und dass das Mindestalter der Adoptiveltern von fünfzig auf vierzig herabgestuft wurde. Es ging nicht mehr primär darum, einen Erben für das Vermögen der Familie zu finden. Jetzt wollte man dem Kinderwunsch der Paare entgegenkommen, die keinen Nachkömmling zeugen oder gebären konnten. Außerdem musste man die vielen Kriegswaisen und Kinder, die ausgesetzt worden waren, dringend unterbringen. Die Eheleute Charles und Marguerite Legendre fungierten vorerst nur als Pflegeeltern. Sie bezahlten 2000 Francs, quittiert am 15. November 1922, dann 2000 Francs ein Jahr später und noch einmal 1000 Francs noch ein Jahr später. Erst im November 1924 wird Renée offiziell adoptiert. Den Namen Legendre, der Name ihrer Adoptiveltern, den wird sie aber erst im Februar 1936 annehmen können. Weil sie ein paar Monate später heiraten würde?

Sie selbst hat uns nur von dem Kuhunfall erzählt und alles Weitere vergessen, verdrängt oder verschwiegen. Eine Kuh habe sie als kleines Kind verletzt, daher der kleine Höcker auf ihrer Nase. Sie berührte ihn und lächelte schwach, dann nahm sie wieder ihr Strickzeug und sagte, sie wüsste nicht mehr, wo es geschehen war, ach, vielleicht auf dem Landhaus ihrer Eltern.

Ich versuche, mir dieses Landhaus vorzustellen, das in ihrer Jugend wegen der Geldprobleme von Mamans Adoptivvater verkauft wurde. Vor der Eingangstür schaut sie zu mir. Sie trägt ein silbergraues Kleid und steht da wie ein Schlüssel zum Haus. Es fühlt sich an, als würde sie auf mich warten, um mir das Haus zu öffnen. Ich gehe an ihr vorbei, betrete das leere Haus, um es mit Tapeten, Gardinen und Möbeln auszustatten. Hinter der Fassade liegt aber das Kalkgemäuer der Ardèche.

Maman eilt an mir vorbei, sie flitzt in die Dunkelheit der Küche, schrumpft in der Finsternis zusammen, kleiner und dunkler dreht sie sich kurz zu mir, führt ihre Hände zum Mund und beißt ihre Fingernägel ab. Ich schleiche mich langsam zu ihr hin, um sie nicht zu erschrecken, hebe einen Arm zu ihr, will sie berühren, aber sie entgleitet mir. In mir macht sich ein Unbehagen breit, das ich, damals noch ein Kind, auf einem Bahnhof empfunden habe, als ich einer Frau in Handschellen zwischen zwei Polizisten begegnet war. Eine Welt aus Schemen, aus Scham, die ihre Schatten untilgbar auf mich warf.

Ich sehe das versteckte Kind in der Scheune, ich teile seine Ängste vor dem Hund, vor den Kühen, vor dem Mann. Ich versuche, seine Wahrheit zu enthüllen. Hab keine Angst vor der Wahrheit, sage ich. Das Kind verliert seine Zähne, als es antwortet: Wovor sollte man sonst Angst haben?

Ich erwache. Die Nacht ist gefallen. Sie strickt wieder. Ich schreibe wieder.

Mamans Leben und mein Leben sind miteinander verflochten wie zwei unterschiedlich gefärbte Wollfäden im schlecht gestrickten Pullover einer Penelope, die auf sich selbst wartet.

Draußen schneit es. Der erste Schnee hat immer etwas Festliches. Er beginnt schon, den Asphalt zu bedecken. Ich wohne im Rheinland und habe oft Sehnsucht nach den Alpen, nach dem Chalet meiner Eltern, nach einem Feuer im Kamin. Ich würde gern bald wieder meine Skier wachsen, um zwischen den Lärchen Slalom zu fahren. Das schöne Weiß macht einem Lust am puren Leben. Ich gehe aber auch gern an meinen Schreibtisch, um hier zu sitzen, mich wie eine Muschel um meine Mutter zu schließen. Das Schwarze des Himmels und das Weiß des Schnees bilden eine Kondolenzkarte aus der Welt, der Schlaf entzieht sich mir, Worte sind wieder mein echtes Zuhause.

Küsschen

Marguerite Legendre nimmt den Hut ab, beugt sich herunter, um Renée zu küssen, und sagt: »Na, Renée, kriege ich auch ein Küsschen?« Das Kind weiß nicht, wie man küsst. Es legt einfach nur die Lippen auf die Haut der neuen Mutter. Es spürt einen Atemzug und Feuchtigkeit auf seiner eigenen Wange, riecht Puder und einen starken Veilchengeruch (Puder und Parfüm kannte es nicht, aber Veilchen wuchsen auch in der Ardèche). Seine Nase auf der Wange der neuen Mutter küsst besser als seine Lippen. Und nach dem Kuss kann es nicht anders, als seine eigene Nase zu berühren, dann an seinen Fingern zu riechen. Die neue Mutter schaut überrascht zu, dann nimmt sie Renées Hände in ihre, als wolle sie jetzt mit ihr tanzen, sie geht aber in die Hocke und betrachtet das Kind mit leuchtenden schwarzen Augen. Sie sagt leise: »Mein kleines Mädchen. Mein kleines Mädchen.« Die Frau kann nur Renée meinen, Renée aber versteht nicht recht, was da passiert, und ob sie wirklich gemeint ist, sie schaut verlegen rechts und links. »Mein kleines Mädchen«, säuselt die Frau. Renée will sich nur befreien und verschwinden. Will nicht mehr betrachtet werden, will, so stelle ich es mir vor, aufhören, etwas zu spüren, das sie nicht versprachlichen kann. Ein Zusammenziehen in ihrem Bauch, in ihrer Brust, ein Druck in ihrem Kopf, ein Dröhnen in ihren Ohren. Sie will, dass es aufhört, dieses Nichtwissen, was sie machen und sagen soll, will sich verstecken, aber wo? Es gibt nur Wände, keine Heuhaufen, keine Bäume, und sie weiß noch nicht, wo sie schlafen wird. Sie lässt eine Hand aus dem Griff der neuen Mutter gleiten, steckt ihren Daumen in den Mund, lutscht daran und beginnt zu winseln, kann damit nicht aufhören, befürchtet eine Ohrfeige, kann aber nicht aufhören zu lutschen und zu winseln. Aber ihre neue Mutter lächelt freundlich und sagt, Renée müsse sich an sie und an alles gewöhnen, es sei sicher nicht leicht, bei fremden Leuten zu sein, aber diese Leute seien jetzt ihre Eltern, sie solle keine Angst haben, es werde alles gut und schön werden. Dann kommt der neue Vater dazu, er hat schwarze Augen wie seine Frau, außerdem einen grauen Schnurrbart, er trägt Renées kleinen Koffer und sagt, sie solle ihm in ihr Zimmer folgen. Sie aber bleibt stehen, kann sich doch nicht bewegen. Auch er lacht gutmütig unter dem Schnurrbart und sagt, »Ihr wollt doch wohl nicht im Flur Wurzeln schlagen, oder?« Die neue Mutter sagt, Renée müsse bestimmt zuerst auf die Toilette, die sei hier direkt hinter ihr: »Die Toilette, schau mal«, und dann werden sie zusammen in die Küche gehen und eine schöne Tasse heiße Schokolade trinken. Renée kann sich umdrehen und die Toilette betreten, eine solche Pracht hat sie noch nie gesehen, es gibt einen blauen und weißen Thron. Dann führt die neue Mutter sie in die Küche, die sehr groß und ebenfalls blau-weiß gekachelt ist. Die heiße Schokolade trinkt Renée sehr langsam, staunt über den Geschmack, das Getränk ist süß, dickflüssig und schmeckt ihr, aber nach jedem Schluck schielt sie zu dieser Frau, die, eine Hand unter dem Kinn, sie unaufhörlich beobachtet, sodass es schwierig wird, zu trinken, die schwere Tasse abzusetzen, ohne Spritzer zu machen, da sie zittert. Die neue Mutter geht, lässt Renée allein, die trinkt schnell zu Ende. Als die neue Mutter mit einer Serviette zurückkommt, wischt sie Renée die Lippen sanft ab und sagt: »Ich freue mich, mein kleines Mädchen. Wir freuen uns sehr, dass du bei uns bist.« Renée nickt und geht mit in ihr Zimmer.

Sie sieht ein Bett mit Messinggestell. Auf dem weißen Kopfkissen liegt eine große Puppe, rotes lockiges Haar aus Wolle, rosafarbenes Kleid, und in den Armen der Puppe liegt ein kleiner Teddybär. Renée denkt, man darf die beiden nicht trennen. Aber als sie dann an ihrem ersten Abend im Bett liegt, kommt die neue Mutter zu ihr, bemerkt, dass sie Puppe und Bär in ihrer ursprünglichen Stellung am Bettende hingesetzt hat; sie nimmt den Teddy und reicht ihn ihr. »Er wird dir heute Nacht Gesellschaft leisten«, sagt sie und gibt ihrer neuen Tochter einen Gutenachtkuss. Die Puppe hat Renée nur selten angerührt, aus Angst, sie könne sie beschädigen. Mit dem Teddybären aber hat sie, bis sie mit zwanzig Jahren heiratete und diese Wohnung verließ, jede Nacht verbracht.

Die Puppe

Nach dem Tod ihrer Adoptivmutter brachte Maman die Puppe mit zu uns. Eine Erinnerung, sagte sie, aus ihrer eigenen Kindheit. Sie legte sie auf das Bett, das ich mit meiner Schwester Pauline teilte. Maman fand es bestimmt unangebracht, sie wegzuwerfen, die Puppe war in einem perfekten Zustand – ein Beweis, dass sie nicht mit ihr gespielt hatte –, wollte aber ein solches Objekt nicht auf ihrem Ehebett sehen. Diese Stoffpuppe mit dem wirren roten Wollhaar, dem langen rosafarbenen Kleid über angenähten rosafarbenen Beinen interessierte uns aber nicht. Es war kein echtes Spielzeug, eher ein dekoratives Ding, wir drehten sie ein paarmal um, fanden ihr stoffliches und schlappes Wesen enttäuschend und nicht sinnlich, waren schon zu alt, um mit Puppen zu spielen, zu jung, um in ihr einen historischen Wert zu erkennen und zu uninteressiert, um Fragen darüber zu stellen. Die Puppe lag eher störend auf der Decke und wir kippten sie meistens aus dem Bett, wenn wir unter die Betttücher schlüpften, sie lag auf dem Parkett, wir traten auf sie beim Aufstehen, schmissen sie in eine Ecke oder auf den Schrank. Meine Schwester und ich waren auch so gestrickt, dass kein Ding uns ans Herz wachsen konnte, ob Spielsachen, Bücher, Hefte, Schmuck, Kleider, Uhren. Wir haben nie dran gedacht, dass an dieser Puppe eine andere Kindheit hing. Im Nachhinein denke ich, dass dieses Geschenk ihrer neuen Mutter für Maman zu groß war oder zu dieser Welt der schönen Sachen gehörte, aus der sie sich ausgeschlossen fühlte, an dessen Rand sie als Statistin stand. Hatte sie nicht schon als Sechsjährige gefühlt, dass die Puppe mit dem seidenen Kleid zu einem anderen Kind, als sie es war, zu einem *echten* Kind hätte gehören müssen, hatte sie schon damals das Gefühl, eine Betrügerin zu sein, hatte sie einen Hochstaplerkomplex, den ich bei mir sehr spät auch erkannt habe? Vielleicht war die Puppe eben nur ein Requisit aus einem längst abgesetzten Stück, ein totes Ding aus ihrer toten Kindheit. Und dass wir die Puppe misshandelten, war ihr womöglich völlig egal.

Irgendwann verloren wir die Puppe aus dem Blick, dann aus dem Gedächtnis.

Merci, Madame

Ich höre die ersten Sätze in Renées neuem Leben. Möglich, dass sie sich in sie eingraviert haben wie für einen Neuankömmling die Hinweisschilder eines fremden Ortes.

Der neue Vater im Flur: »Kann sie nicht sprechen? Warum sagt sie nichts?«

»Lass ihr Zeit«, sagt die Mutter.

Der neue Vater schaut das Kind an und lacht: »Niemand wird sie mit diesen blauen Augen für unsere Tochter halten können.«

Die neue Mutter: »Wolltest du irgendjemanden täuschen? Dich selbst vielleicht?«

Er: »Ach, Marguerite! Höchstens indiskrete Fragen vermeiden.«

Die neue Mutter schaut im Kinderzimmer den Inhalt des Koffers durch und sagt: »Renée, wir werden dir schöne Sachen besorgen.«

Renée: »*Merci, Madame.*«

Am Tisch. Die neue Mutter zum Kind: »Iss, was du kannst, mein Kleines. Was dir nicht schmeckt, kannst du liegen lassen. Es gibt auch noch Käse und Nachtisch.«

Er: »Das ist doch keine Erziehung, Marguerite.«

Sie: »Ach, Charles, lass uns Zeit.«

Er beim Nachtisch: »Renée, vielleicht sagst du: ›Danke, Maman‹?«

Renée, leise, zu ihrem Teller: »Danke.«

Er: »Danke, Maman.«

Renée, noch leiser zu ihrer Mousse au Chocolat: »Danke, Madame.«

Er: »Also doch, sprechen kann sie. Sie ist süß, aber findest du nicht, dass die Kleine etwas Deutsches hat? Diese Augen.«

Marguerite: »Das werden wir nie erfahren. Aber weißt du, es gibt viele Lyoner mit blauen Augen. Und die deutschen Soldaten lagen im Krankenhaus oder waren interniert.«

Marguerite kommt aus Toulouse. Sie lacht und spricht gern. Sie trällert oft und singt Renée auch Kinderlieder vor. Das Kind hört mit offenem Mund zu, kann die Lieder nicht nachsingen, sie tönt fürchterlich falsch. Sie lernt eine neue Welt kennen und die passenden Begriffe dazu. In dieser neuen Welt gibt es ein Esszimmer, einen Salon, eine Badewanne, ein Klavier, eine Bibliothek und ein Dienstmädchen, das abends nach dem Spülen weggeht. Es ist eine ältere Frau, die sanft mit dem Kind umgeht und ihm alles geduldig erklärt. In der Stadt fahren Straßenbahnen. Zu Hause spielt man ein Gänsespiel und Karten. Das Kartenspiel heißt *crapette*. Der neue Vater geht tagsüber in eine, in seine Apotheke. Ein Apotheker verkauft Medikamente. Abends geht er auch außerhalb Karten spielen, in *Clubs*, der neuen Mutter missfällt das sehr und sie sagt oft: »Heute Abend, *chéri*, könntest du mal bei uns bleiben.«

»Morgen vielleicht, *ma chérie.*«

Pagenschnitt

Marguerite bringt Renée zum Friseur, sie bekommt einen Pagenschnitt. Du bist wie verwandelt, sagt ihre neue Mutter. Das Kind schaut aufmerksam in den Spiegel des Friseurs. Da ist die neue Tochter der neuen Mutter. Solche Sätze wie: »Ich bin verwandelt« oder »Mein ganzes Leben ist verwandelt« kann sie nicht formulieren. Wenn man sie fragt, ob die Frisur ihr gefällt oder das neue Kleid oder ein neues Spielzeug, sagt sie jetzt: »Ja, Maman.« Sie spürt aber, dass sich in ihrem Kopf und in ihrem Bauch etwas Verborgenes und Verbogenes regt, das sich Veränderung wünscht und gegensteuert. In ihr herrscht ein Aufruhr.

Zwei Tage später geht sie an der Hand der neuen Mutter in die Schule, eine Privatschule. Die Mutter unterhält sich eine Weile vor dem Zimmer mit der Lehrerin, lässt ihre Hand los und schiebt sie in die Klasse rein. Renée tritt ein. Erschreckend viele Mädchen mustern sie.

Dornröschen

Abends liest Marguerite der neuen Tochter Märchen von Grimm, Perrault und Andersen vor. *Dornröschen* gefällt dem Kind am besten. Es versteht nicht alles in diesem Märchen, »Prinz«, »Prinzessin« sind neue Begriffe, sie hinterfragt aber auch nichts, nimmt als gegeben, dass eine verwunschene (was ist »verwunschen«?) Prinzessin eine Ewigkeit schläft (zehn, hundert oder tausend Jahre sind für sie dieselbe Ewigkeit) und von einem schönen Prinzen, der sich an den Dornen nicht verletzt hat, geweckt und geliebt wird. Sie mag das Märchen vor allem deshalb, weil ihre Mutter ihr nach dem Vorlesen immer eine »Gute Nacht« wünscht, »mein Dornröschen«. Wenn sie so genannt wird, fühlt sie sich aufgehoben und von unsichtbaren Dornbüschen umgeben und geborgen. Die frischen Betttücher, die warmen Decken, das Veilchenparfüm und die Stimme der Mutter beschützen sie bis zum nächsten Tag. Sie ist nicht mehr das arme Ding aus Gilhoc, kein gerettetes Adoptivkind, keine dumme Schülerin, sie ist dem bösen Alltag von der Schippe gesprungen und treibt nun in einem Wirbel von rosafarbenem Tüll, samtigen Bändern, getragen von kuscheligen Wolken. Die Mutter liest nicht nur vor, sie hat für das Mädchen auch eine Geschichte gesponnen, ein – nehme ich an – von Renées früherem Leben inspiriertes Märchen. Hatte sie Renée in der Ardèche besucht? Dieses Märchen hat Marguerite auch uns, ihren Enkeln, erzählt.

»Es war einmal ein kleines Mädchen«, erzählt die Mutter,

»das vor einem großen Kirschbaum saß und darauf wartete, dass eine Kirsche fiel. Plötzlich erschien ein Troll aus der Rinde des Baums und erklärte, das Kind müsse eine Reise machen und dabei viele Prüfungen bestehen, erst dann würden die Kirschen in seine Schürze fallen, sobald es rufen würde: ›Kirsche, Kirsche, die du so frisch bist, flieg in meine Schürze und schenk mir das Glück.‹ Das Kind also machte sich auf die Reise. Bald aber wurde sie von einem Oger und seiner bösen Frau in einer stinkenden Höhle eingesperrt, in der sie nur Ziegenköttelchen essen durfte. Eine gute Fee aber konnte sie befreien. Das Kind rannte dann durch eine große Wiese, auf der wilde Kühe grasen, es wurde von einer Kuh überfallen, die ihr mit dem Huf die Nase gebrochen hätte, wenn die Tiere nicht im letzten Augenblick, wieder dank der guten Fee, wie gelähmt stehen geblieben wären. Das kleine Mädchen ging weiter, hoffte, bald zu dem Kirschbaum zu kommen, musste leider noch auf einer maroden Brücke über einen donnernden Fluss gehen, und es hatte fürchterliche Angst. Auch da erschien die gute Fee, die das Kind über die Brücke wie ein Schmetterling fliegen ließ. ›Danke, danke‹, schrie das Kind, ›danke, gute Fee, die du mich wieder gerettet hast!‹ Und, kurz vor dem Kirschbaum konnte die Kleine auch einer Horde von bösen Kindern entkommen, weil die Fee sie unsichtbar machte. Endlich saß sie wieder vor dem großen Kirschbaum …«

Die erzieherische Pointe der Geschichte von Marguerite kam aber noch: »Prompt tritt der Troll aus dem silbernen Baum hervor und raunt der kleinen Renée zu: ›Jetzt kannst du den Spruch sagen und die Kirschen werden in deine Schürze fallen. Wenn du aber die Kirschen sofort isst, sind sie bald alle und du hast dann keine mehr. So schnell wachsen sie nicht nach und bald wirst du wieder hungern. Wenn du aber zu der Fee gehst, die dir geholfen hat, und ihr zum Dank für ihre Dienste alle Kirschen schenkst, wird sie dir ihr Haus öffnen und du wirst dein Leben lang Kirschen und viele andere gute Sachen essen dürfen.‹ Das Mädchen zögerte, die Kirschen glänzten appetitlich, und wer garantierte ihm, dass die Fee ihm das Haus wirklich öffnen würde? Könnte sie nicht wenigstens eine oder zwei vorher kosten? ›Nein‹, sagte der Troll, ›du darfst keine einzige essen, alle musst du der Fee schenken. Wenn du eine einzige Kirsche isst, wirst du nie in den Palast eintreten können.‹ Die kleine Renée war hungrig und angeschlagen von den vielen Prüfungen, die sie ablegen musste, aber sie riss sich zusammen, machte einen festen Knoten um die Kirschen in ihrer Schürze, um keine zu verlieren, und lief zur Fee, die strahlte, ihr gratulierte und sie umarmte: ›Komm herein, kleines Mädchen‹, sagte sie. ›Nie mehr wirst du hungern, niemand wird dir je wehtun, nie wirst du wieder in einem Verlies gefangen sein.‹ Sie öffnete dem Kind also die Tür ihres Hauses und ...«

Wollte Marguerite mit diesem Märchen in Renée ein Ende-gut-alles-gut-Gefühl erzeugen? Wollte sie, dass dem Mädchen klar wurde, welches Glück ihr die Adoption beschert hatte? Hoffte sie auf Anerkennung und Dankbarkeit? Wollte sie dem Kind eine ökonomische Lektion erteilen (es hat sich gelohnt, auf eine schnelle Befriedigung zu verzichten, um dafür viel Besseres und Nachhaltiges zu bekommen)? Maman war ihr Leben lang Bettlerin und Prinzessin. Auf der Hut vor Ogern träumte sie vom Kuss eines rettenden Prinzen.

In den folgenden Jahren verschwammen und verschwanden Renées Erinnerungen. Dabei wurde ihr Gedächtnis kei-

neswegs zu einem leeren Blatt, nein, es wurde eher zu einem
überschriebenen und für sie und andere unlesbaren Manuskript. Was hatte sie wirklich erlebt? Was hatte sie geträumt?
Was wusste Marguerite? Ich ahne, dass Maman den Standort
des Kuhunfalls geändert, den Bauernhof in der Ardèche gegen das Ferienhaus der Adoptiveltern getauscht hat. Und einiges verharmlost: Pauline hat sie einmal erzählt, sie habe in der
Kindheit Ziegenköttelchen gegessen, die sie für Süßigkeiten
gehalten hatte.

Die Schriftstellerin Colette

Marguerite – Pflegemutter, Adoptivmutter, (obwohl Renée noch nicht offiziell adoptiert worden war), lebendige Mutter, meine zukünftige Großmutter – Marguerite ist eine belesene Frau und ihre Lieblingslektüren sind die Romane von Colette, einer in der Bourgogne im Jahr 1873 geborenen Schriftstellerin. Diese hatte drei Vornamen: Sidonie Gabrielle Claudine. Ihr Nachname, Colette, war der Familienname ihres Vaters und wurde zu ihrem Künstlernamen. Sie hatte auch drei Ehemänner, einige Geliebte und mehrere Berufe. Sie lebte mindestens sieben Leben wie die Katzen, ihre Lieblingstiere. Ihre Denkfreiheit sowie ihr kühner Lebensstil müssen für die Frauen ihrer Generation eine sensationelle Ermutigung zur Unabhängigkeit gewesen sein. Und doch blieben sie die Ausnahme, Colette, ihre Freundinnen, ihre Tochter, ebenfalls Journalistin und im Zweiten Weltkrieg Widerstandskämpferin, ja, diese emanzipierten Frauen waren berühmte Einzelfälle, skandalerregende Frauen in einer Welt der angepassten und nach außen hin untadeligen Bürgerinnen. Colette hatte sich von ihrem ersten zynischen Mann scheiden lassen, der ihr Talent gefördert, allerdings auch bis zum Gehtnichtmehr ausgebeutet hatte. Er hatte ein Vermögen gemacht mit den »Claudine«-Büchern, autobiografische Romane über Colettes Kindheit und Jugend, die er unter seinem Namen veröffentlicht hatte. Colette entschied, ihr Leben selbst zu bestreiten, schrieb weitere »Claudine«-Romane unter ihrem eigenen Namen, spielte halb nackt in verrückten, selbst verfassten und selbst inszenierten Stücken auf den Pariser Bühnen. Sie liebte Frauen wie Männer und schrieb weitere erfolgreiche, autobiografisch geprägte Romane, glühende Artikel für *Le Matin* und weitere Zeitschriften. Sobald neue Bücher von ihr erschienen, stürzte sich Renées Adoptivmutter darauf. Renée selbst blieb unbeeinflusst von der lebhaften Schriftstellerin, meine Mutter blieb den Wechselfällen des Lebens ergeben wie ein Fläschchen im Ozean. Ihr Innenleben aber war voll von Algen und Tieren. Die Kennerinnen von Colettes Romanen, die sie um ihr buntes Leben insgeheim beneideten, hüteten sich davor, ihren Töchtern diese Romane zu empfehlen. Der Lebensstil der Autorin hätte ansteckend wirken können. Man genoss selbst das Verbotene, die Ambivalenz, die porösen Grenzen zwischen Colettes überschäumendem Hineinsinken in die Natur und ihrer überschwänglichen Liebe zu beiden Geschlechtern, man spürte gern sein Herz pulsieren, bei gewagten Sexszenen seine Wangen erröten. Für die eigenen Töchter jedoch bevorzugte man harmlose Lektüren und ein anständiges Eheleben. Normalität. Colettes Hauptthema aber war die Mutter, dieses Motiv floss in ihr ganzes Werk. Es ist möglich, dass diese Omnipräsenz der Mutter in Colettes Büchern meine Großmutter Marguerite so sehr beeinflusst hatte, dass die Kinderlosigkeit ihrer Ehe ihr unerträglich wurde und sie deshalb entschied, Mutter zu werden, ein Kind zu adoptieren. Sie hat sicher *Sido* gelesen, eine Hommage an Sidonie, die geliebte Mutter von Colette. Diese war eine facettenreiche und lebenshungrige Frau, der die Schriftstellerin zweifellos ihre Sinnlichkeit und ihr Selbstbewusstsein verdankte. Möglich auch, dass die erotischen Bücher, ihre Liebesromane, Marguerite später halfen, Renées einzigen Fehltritt zu verstehen. Wenn man von einem Fehltritt sprechen kann, als meine Mutter zum ersten Mal, ohne lange zu fackeln und selbstständig in einen Zug einstieg. Doch davon später mehr.

Charles-Léon, Renées neuer Vater, nahm amüsiert die Lektüren seiner Frau zur Kenntnis, Marguerite konnte gern per procura in den Büchern von Colette aufleben und sich mit der kleinen Renée abplagen. Er selbst erlebte Aufregenderes in Pokerclubs und Spielcasinos.

Die zwei Leben der Marguerite

Halb fünf. Marguerite wartet auf das Kind, das bald von der Schule zurückkommt. Sie hat ihre Colette-Bücher beiseitegelegt und braucht fünf bis zehn Minuten, um wieder im Alltag anzukommen. Sie bereitet die warme Schokolade für die Schülerin vor und genießt diesen Augenblick wie sonst keine Mutter. Sie gleitet aus ihrem imaginierten Leben, dem Leben der Schriftstellerin, das sie gerade zwei Stunden lang gefesselt hat, in ihr neues Mutterdasein, das sie ebenfalls magisch und reichlich erfüllt. In ihrem realen Leben schwelgt Marguerite im Mutterglück. Renée ahnt es nicht, aber sie ist das erstaunliche Wesen, das Marguerites Leben wieder Farben und Sinn verliehen hat. Die neue Mutter akzeptiert die Trägheit des Kindes, seine miserablen Schulzeugnisse, sein Schweigen, seine mangelnde Spontaneität. Da Renée die Spielregeln der Gesellschaftsspiele nicht gut begreift und beim Kasperletheater, dem berüchtigten *Guignol* der Stadt Lyon, zu winseln beginnt, ein Greinen, das jedem auf die Nerven geht, gehen sie zum *Parc de la Tête d'Or*. Marguerite zeigt ihr die Pflanzen und die Tiere des zoologischen Gartens. Sie bringt ihr einfache Muster des Strickens bei, kauft ihr Farbstifte, Alben, Perlen, um sie mit ihr zusammen aufzufädeln, wiederholt mit ihr den Schulstoff, liest ihr aufbauende Geschichten oder Märchen vor. Und wenn Charles-Léon abends seine Zeit in Spielsalons verbringt, weint Marguerite längst nicht mehr. Sie sitzt am Bett der Kleinen, betrachtet die weiße Haut ihrer Wangen, die schön gezeichneten

Lippen, die vom Speichel feucht werden, sie hört die kleinen Seufzer, zwei undeutliche Worte, ein plötzliches Aufschrecken, ach, sie hat wieder schlecht geträumt, das Kind erwacht und erinnert sich nicht, was da Schlimmes gewesen sein soll. Umso besser, denkt Marguerite, die ihm über den Kopf streichelt und es tröstet: »Keine Angst, mein Liebling, Maman ist hier, schlaf, schlaf, meine kleine Prinzessin.«

Das Kind spricht im Schlaf, schweigt am Tag, es bleibt leise und verschlossen. Dass es aber nach Monaten besser schläft, dass es mit geschlossenem Mund isst, dass es beim Küssen die Lippen zu einem kleinen Schmatzer bewegt, dass es ganze Sätze spricht und dass es langsam, sehr langsam innerhalb von zwei Jahren zu lesen lernt, wertet Marguerite als großen Erfolg.

Der Tod von Marguerite

Ich greife jetzt vor und entsinne mich der Traurigkeit meiner Großmutter Marguerite, als sie im Sommer 1954 vom Tod der alt gewordenen Colette aus der Tageszeitung erfuhr. Sie verbrachte den Sommer bei uns im Chalet, sie saß wie jeden Tag unter der Esche und sagte mir: »Du bist eine Leseratte, das hast du von mir geerbt, mein Kind, so wirst du auch meine Bibliothek erben, auch die Romane von Colette, ich hoffe, Kind, dass du bis dahin gepflegter mit Büchern umgehen wirst.« Ich würde nie sorgsam mit Büchern umgehen, ich verschlang sie und vergaß sie im Garten, auf der Wiese, später verlieh ich sie weiter und bekam sie nicht immer zurück, es war nicht wichtig, ich war keinem Buch treu, sondern liebte jedes, und ersetzbar waren sie alle. Sie waren im Plural schön und ich wollte immer mehr. Auch ich teilte den Lebenshunger der Schriftstellerin Colette. Ich hätte mir sicher keine Mutter wie die Mutter meiner Freundin Suzanne gewünscht, aber eine Mutter wie Sido wäre mir willkommen gewesen, ich wäre glücklich mit ihr und Colette barfuß durch den Morgentau gelaufen, begeistert vom Sonnenaufgang, durch Wiesen und Wälder, ich hätte auch gern mit Sido die Ohren in der Dämmerung gespitzt, um den Gesang der Nachtigall zu hören. Gern wäre ich mit der eigenen Mutter auf die Berge gestiegen, wie mit meinem Vater, aber ihre Zuneigung zur Natur, ob Gipfel- oder Blumenwelt, wurde mit dem Pflücken eines Narzissenstraußes beim sonntäglichen Familienausflug schnell gestillt. Und gern hätte ich auch eine Mutter gehabt, die die Liebe als Freude und Genuss gepriesen hätte. Maman aber war zugeknöpft, ängstlich und konventionell, und für sie war die größte, unverzeihliche Schande, ein uneheliches Kind in die Welt zu setzen. Sah sie sich selbst als Schandfleck, als Sprössling einer Hure? Man durfte nichts hinterfragen, man musste einen großen Bogen um peinliche Geheimnisse machen, in keinen Ameisenhaufen durfte man mit irgendeinem Stock (Stift) hineinstochern.

Schreiben, schrubben, offenlegen, runtergucken, sich die Nägel schwärzen, sich Finger verbrennen.

Falls die Lust an Büchern in unsere Gene eingeschrieben ist, kann ich meine Lesewut nicht von Marguerite geerbt haben, wir standen uns aber nahe, und dass sie nicht unsere leibliche Großmutter war, spielte für sie keine Rolle. Vielleicht wären wir, die fünf Kinder meiner Mutter, glücklicher gewesen, wenn unsere Großmutter das ganze Jahr bei uns gewohnt hätte, aber sie blieb nur einige Wochen in den großen Ferien. Sie lebte weiterhin in Lyon, in der Wohnung, in der meine Mutter groß geworden war. Die Schlafzimmer und der Salon wurden an Studenten vermietet, da der früh verstorbene Charles-Léon ihr ganzes Vermögen verspielt hatte. Sie schlief in ihrem Esszimmer, in einem schmalen Bett aus grau bemaltem Holz. Als sie, vier Jahre nach Colette, starb, durfte ich Maman nach Lyon begleiten. Eine ältere Cousine hatte für mich einen langen schwarzen Mantel in ihrem Schrank gefunden. In meiner jungen Trauer und dem alten Mantel fand ich mich schön, ernst und romantisch. Ich genoss den neuen Schmerz, einen geliebten Menschen verloren zu haben und den Stolz, meiner Mutter zur Seite zu stehen. Ich hatte nicht auf das Erbe von Marguerite gewartet, sondern mir schon Taschenbücher aus Colettes Werk gekauft, die mich nicht nur in die Kunst einweihten, die Natur mit allen Sinnen aufzunehmen, sondern auch in die Freuden der Liebe, der Bühne, der Literatur. Sie führte mich in den Reichtum und die Ambiguität der Gefühle ein. Ich erfuhr, dass ein Gefühl ein Tier mit vielen Schwänzen ist. Trauer und Nostalgie waren gepanscht mit Selbstmitleid, Wichtigtuerei mit Reue, mein Stolz, erwachsen zu werden, mit dem Zorn über das Unabänderliche. Maman weinte nicht, sagte nichts. Sie tupfte ihre mit dem kleinen Höcker verformte Nase, trug eine Maske aus Puder und Gefasstheit. Sie war sehr klein und sehr dünn in ihrem schwarzen Mantel, verschlankt wie ein Regenschirm, den man zugeklappt hat.

Die Schule

Noch aber lebt Marguerite. Ich folge Renée, fast sieben Jahre alt, in die Privatschule. Ich blättere in den Schulbüchern und Heften, die ihre Mutter in braunes Packpapier eingeschlagen hat. Marguerite schreibt darauf in Schönschrift mit bewundernswerten dicken und schlanken Strichen den Namen Renée Legendre, den Namen, unter dem sie ihre Tochter bei der Schuldirektorin angemeldet hat, obwohl das Kind eigentlich immer noch Renée Gagnieux heißt. Den Namen Legendre wird Maman erst einige Monate vor ihrer Hochzeit erhalten, nur für eine kurze Zeitspanne. Die Lehrerinnen nennen also die Sechsjährige »Mademoiselle Legendre« und es dauert eine Weile, bis Renée sich daran gewöhnt. Jedes Mal, wenn sie so angeredet wird, empfindet sie diesen Namen, als würde ihr ein fremder Umhang übergeworfen, spürt ihn tatsächlich um ihre Schultern, steht auf und versucht, die gestellte Frage zu verstehen. »Mademoiselle Legendre, wie heißt der Krug von Soissons, nach dem Chlodwig der Erste bei der Plünderung der Kirche in Reims trachtete und dem ihm ein einfacher Soldat vor den Füßen zerschlug?« Die Schülerinnen platzen vor Lachen und eine traut sich gar, der Lehrerin zu sagen: »Aber Madame, Sie haben jetzt selbst den Namen verraten! Der Krug von Soissons!« Unbeirrt mustert die Lehrerin Renée weiter und wartet auf eine Antwort. Das Kind versucht, die Bemerkung der Mitschülerin einzuordnen, begreift die Heiterkeit der Klasse nicht, steht beschämt mit offenem Mund da und so verwirrt, dass es selbst die Frage nicht wiederholen könnte. Nach der Stunde machen sich ihre Mitschülerinnen einen Spaß daraus, »Fragen für Idioten« zu erfinden, um sie damit zu quälen: »Welche Farbe hatte das weiße Pferd von Heinrich dem Vierten?« Oder: »An welchem Tag der Woche sollte, nach Wunsch des Königs, jede Familie in Frankreich ihr Sonntagshuhn bekommen?« »Woran ist Jeanne d'Arc auf dem Scheiterhaufen gestorben?« Am einfachsten: »Woran starben die Passagiere des untergegangenen Schiffs *Titanic*?« Am verwirrendsten: »Wie heißt Renée Legendre?« Sie lachen, die Bosheit hat noch Milchzähne.

Bald verlieren die Quälgeister die Lust an ihren Fragen, die immer fantasieloser werden. Falls Renée noch nicht gewusst hatte, wer oder was sie war, wird es ihr jetzt bestätigt: eine Idiotin. Sie erfährt während dieser Schuljahre, dass sie ganz anders ist als die anderen: klein, weniger, eine Idiotin eben. Und dass sie zu keiner Klasse, zu keiner Schule, zu keiner Gemeinschaft dazugehört. Wenn sie nach Hause kommt, kann sie nicht mit ihrer Mutter darüber sprechen, sie findet keine Worte für ihre Pein, spürt vage, dass sie selbst schuld ist daran, so dumm ist sie und macht alles verkehrt, alles, was sie sagt, wenn sie überhaupt eine Frage beantwortet, ist falsch oder ungenügend, sie fühlt sich selbst falsch, verkehrt, aber auch das fiese Gefühl der Verlorenheit kann sie nicht ausdrücken. Wut kann man austoben, Schmerz ausweinen, das Gefühl, fehl am Platz zu sein, findet keinen Auslass. Alles bleibt diffus. Auf dem Pausenhof sieht sie voller Neid und Furcht zu, wie die Mädchen seilspringen, Himmel und Hölle, Fangen und Ball spielen oder im Kreis Abzählreime singen. Später, wenn sie älter sein werden, werden sie die Mütter imitieren und Arm in Arm spazieren gehen und sich einander mit ernsten Gesichtern Dinge aus ihrem Leben anvertrauen. Nie gehört sie dazu. Wie damals in Gilhoc unter dem Kirschbaum sitzt sie jetzt unter der riesigen Rosskastanie, die mitten im Schulhof steht und schon das vorige Jahrhundert und den Deutsch-Französischen Krieg gesehen hat. Sie schaut den anderen Mädchen zu oder tut so, als würde sie etwas lesen. Im Oktober sammeln sie, wie Kinder aller Zeiten und Länder, die glänzenden Früchte des Baumes, um Figuren zu basteln. Dass diese Kastanien, nachdem sie aus ihrer Hülle geplatzt sind, innerhalb eines Tages ihren Glanz einbüßen (der für Kinder eklatante Beweis der Heimsuchung der Zeit), enttäuscht sie jedes Jahr wieder. Die Lehrerinnen warnen die Mädchen davor, sich bei Wind unter die Kastanie zu stellen. Renée aber hat abermals die Warnung überhört (wie sie alles überhört, auch den unterrichteten Stoff, den sie je nach Stimmenqualität als einschläfernde oder störende Geräuschkulisse empfindet) und bekommt tatsächlich zwei dicke, wilde Kastanien auf den Pagenkopf. Die stacheligen Hülsen platzen. Das Lachen auf dem Hof hört erst auf, als die Aufsichtsperson bemerkt, dass dem Kind ein Rinnsal Blut auf die Stirn läuft. Ein Mädchen namens Léonie bringt sie zum Krankenraum, und nachdem man ihre kleine Wunde versorgt und ihr einfach verordnet hat, noch zehn Minuten zu ruhen, bleibt Léonie bei ihr, wahrscheinlich froh, den Anfang der nächsten Stunde zu verpassen. Bis zu diesem Tag hat Léonie sie ignoriert, aber sie stellt ihr jetzt ein paar belanglose Fragen, etwa, welches Fach Renée am liebsten habe, welche Lehrerinnen sie am doofsten finde und was sie Donnerstagnachmittag mache, an ihrem schulfreien Tag. Und Renée beantwortet die Fragen eifrig, erklärt noch am selben Abend aufgeregt der Mutter, dass sie eine Freundin habe, die Léonie heiße. Und Marguerite schlägt sofort vor, Léonie für den nächsten Donnerstagnachmittag einzuladen, was Renée begeistert tut. Léonie wird leider antworten, sie könne nicht, habe Klavierunterricht und müsse viel üben. Später beobachtet Renée, wie ihr ihre neue Freundin aus einem Kreis mit anderen Mädchen aus den Augenwinkeln Blicke zuwirft. Alle krümmen sich vor Lachen.

Zu ihrem Geburtstag lädt Marguerite jedes Jahr zwei Nachbarkinder ein, die sich an Kuchen und Zitronensaft erfreuen und eine Gänsespielrunde spielen, bevor sie gehen.

Sie ist satt, gut gepflegt, von ihrer Adoptivmutter geliebt. Sie ist einsam, kann nicht klagen. Sie kann nur Dinge benennen, die sie sieht, für die Leere findet sich kein Ausdruck.

Fragen

Woran starben die Passagiere der untergegangenen *Titanic*? Renée ist in die Welt der Fragen eingedrungen. Von Fragen umlagert. Die Schule ist ihre *Titanic*, die Lacher eiskalte Wellen. Sie versucht, sich freizuschwimmen, sie wird es überleben. Auf Französisch heißt die Frage *la question*. *La question* bezeichnet zugleich ein Verhör unter Folter.

»Wie heißt du? Wie alt bist du, woher kommst du, wo wohnst du? Was macht dein Vater?« Kein Unterricht ohne Fragen, die Frage ist das A und das O der Schule. Lernfragen, Kontrollfragen: »Was macht 4 + 5, was bedeutet addieren, multiplizieren, dividieren?«, »Was ist ein Pronomen, ist das Wort richtig geschrieben?«, »»*Je m'appelle,* Renée‹ oder ›*je m'apèle*‹ oder ›*je m'appel*‹ oder ›*je m'appaile*‹ oder ›*je mapèle*‹?« Jede Frage ein Stolperstein.

Wer ist deine Mutter? Ist Marguerite deine Mutter?

Als Fragen getarnte Befehle: »Meinst du nicht, es wäre besser, wenn …?«, »Was, wie, warum, wieso?«, »Mademoiselle Legendre, verstehen Sie meine Frage nicht?«

Der Ton und die Natur der Fragen selbst kann sie nicht unterscheiden, die rhetorische Frage, die echte Frage, die ironische, die existenzielle und die nebensächliche, die alltägliche, die routinierte, nein, sie alle flechten vor ihr einen Vorhang, der alles umhüllt, alles unscharf und unfassbar macht, sogar die wohlwollenden Fragen der neuen Mutter: »Hast du Hunger? Wie war es in der Schule? Hast du Freundinnen gefunden?« Der Vater: »Hat man Mademoiselle die Zunge abgeschnitten?« Sie steht am Anfang ihres Lebens, das sich wie für jedermann als geknüpfter Teppich von Fragen gestalten wird: Streitfragen, Spielfragen, Grundfragen, Scheinfragen, Gegenfragen, Alternativfragen – rechts oder links? Aber für Renée ist jede Frage die Gretchenfrage. Und übrigens, wie hat sie's mit der Religion? Die Religion betet gegen den Zweifel, der Priester der Schule hat sich längst alle Fragen in die Talartasche gesteckt, der Glaube, das himmlische Glück ist eben das: der Tod der Frage. Im Paradies sind die Wiesen glatt, keine Fragen, die aus dem eigenen Mund oder aus fremden Mündern spritzen wie die Erdhaufen des Maulwurfs im Feld. Bete und vergiss die Fragen. Aber auch im Religionsunterricht reibt sich Renée an rauen Fragen: Wie heißen die sieben Todsünden? Und die schreckliche Beichte besteht aus Fragen: »Welche Sünde hast du diese Woche begangen, mein Kind?« Später werden Renée und Jean ihre Kinder in die katholische Schule schicken, sie werden die Kommunion erhalten, weil es sich in ihren Kreisen so schickt, aber der Glaube ist für Jean und Renée und für ihre Kinder ein Fremdwort. Die Sakramente eine sinnentleerte Verpflichtung.

Als Renée in den sogenannten heiligen Stand der Ehe eintritt, fragt ihr Mann: »Willst du mich zum Ehemann nehmen?«

»Ja, ich will.«

Und auch sie fragt ihren designierten Mann: »Willst du mich zur Ehefrau nehmen?«

»Ja, ich will.«

Ihre Eltern wollen das.

Maman strickt gegen die Fragen. Sie strickt überall, manchmal auch im Auto. An dem Tag, als sie und unser Vater meine jüngste Schwester an einer Tankstelle vergessen und wiedergefunden haben, steigt Maman mit ihrem Strickzeug aus dem Wagen. Sie läuft erschrocken, erleichtert, zum weinenden Kind, kann es aber nicht umarmen, weil ihre Hände das Strickzeug nicht loswerden. Wenn sie strickt, verschwindet sie in den Maschen. Ihre Lippen bewegen sich stets dabei. Fragte man sie, mit wem sie spricht, antwortete sie, dass sie die Maschen zähle.

Eine Masche rechts, eine Masche links, und alle sind bedient, ich selbst bin die verlorene Masche, nein, die Weberin, die Strickerin. Schreiben, stricken.

Der Fahrstuhl

Ich begleite Maman zur Wohnung ihrer neuen Eltern. Sie lebt schon zwei Jahre bei ihnen und soll endlich mit acht Jahren allein von der Schule nach Hause gehen und selbstständig in den Aufzug steigen. Die Legendres wohnen im vierten Stock. Ihre Mutter hat ihr gezeigt, wie man in den Fahrstuhl, eine offene Gitterkabine, einsteigt, wie man auf den Knopf Nummer 4 drückt und auf den Treppenabsatz hinaustritt. Sie haben mehrmals geübt und nachdem Renée alle Handgriffe ausführen konnte, hat die Mutter sie selbst den Fahrstuhl abrufen und sie hineinsteigen lassen. Sie muss sich auf die Zehenspitzen stellen, um auf den Knopf an der Liftschachttür zu drücken, und einzig die Wirkkraft dieser einfachen Geste lässt ihr Herz sich beschleunigen. Sie hört, wie Seile, Drähte, Gegengewicht und Kabine in Bewegung geraten und schaut ängstlich in den Schacht, sieht, wie die Kabine sich annähert, herabsinkt und mit einem leichten Ruck anhält. Natürlich ist sie versucht, einfach die Treppe zu nehmen, sie will aber die Mutter nicht enttäuschen, den Spott des Vaters nicht ertragen, nein, sie will zeigen, dass sie etwas selbstständig kann, dass sie etwas verstanden hat, so schwierig, so kompliziert es auch ist, sie öffnet die Liftschachttür, steigt zitternd in die Kabine und fährt also bis zur vierten Etage. Ein Ruck. Sie ist angekommen. Zuerst ist sie erleichtert, braucht jetzt nur noch zu klingen und schon wird ihr die Mutter oder das Dienstmädchen öffnen, sie zögert aber. Links ist die Tür der Nachbarskinder, die einmal im

Jahr zu ihr kommen und ihren Geburtstag mitfeiern. Rechts die Haustür der Mutter. Sie bleibt einen Augenblick, eine lange Minute stehen, leer, unschlüssig vor Angst, bei ihrem Wunsch ertappt zu werden, die Tür von links würde sich öffnen, die Jungen würden sie begrüßen und zu sich einladen, bis sie sich selbst einen Ruck gibt und endlich bei Legendres klingelt.

Das Mädchen ohne Talente

Sie wächst und bleibt eine kleine Frau. Ohne den kleinen Höcker an der Nase wäre sie richtig hübsch. Verbissen lernt sie auswendig, lernt, unverdauliche Wissensbrocken zu schlucken, die Liste der Départements Frankreichs, die Konjugation des Konjunktivs II, den Dreisatz, die Daten des Hundertjährigen Kriegs, die Hauptstädte von Europa, den Unterschied zwischen Hahnenfußgewächs und Kreuzblütler. Marguerite beaufsichtigt, korrigiert, macht mit ihr zusammen die Hausaufgaben. Sie versucht auch, irgendein Talent in dem Mädchen zu entdecken, es bekommt Musikunterricht, Zeichenunterricht, Marguerite bringt es bis zur Ballettschule. Sie lässt es von einem Berufsfotografen in Spitzenschuhen und Ballettröckchen fotografieren, in der graziösen Stellung einer Ballerina: ein Knie nach vorn, ein Bein nach hinten gestreckt, ein Arm hoch und rund über den geneigten, mit einem Blumenkranz geschmückten Kopf usw. Renée findet sich schön auf diesem Bild, vielleicht möchte sie gern lebenslang das Mädchen auf dem Foto sein. Sie zeigt aber auch keine Begabung fürs Ballett. In der Schule bekommt sie am Ende des Jahres einen Fleißpreis, wird gerade so von Klasse zu Klasse versetzt, besucht die Schule bis zu ihrem sechzehnten Lebensjahr. Diese Schulzeit hinterlässt bei ihr das Gefühl der Unfähigkeit und der Ohnmacht. Dabei hat Marguerite ihr nie einen Vorwurf gemacht, sie tröstet sie nach jedem demütigenden Zeugnis mit dem Argument, dass die Schriftstellerin Colette es ohne Abitur viel weiter gebracht habe als ihre Brüder mit höherem Studium. Und ihr neuer Vater tröstete wiederum seine Gattin mit dem Argument, dass für Mädchen intellektuelle Leistungen irrelevant, wenn nicht störend seien, jede Frau wisse allemal genug, und viel wichtiger sei jetzt, für Renée einen guten Ehemann zu finden, mit dem sie eine Familie gründen könne. Sie solle die Cardins mit ihrem ältesten Sohn einladen, er sei Ende zwanzig und gerade erst mit seinem Zahnarztstudium fertig, der Junge sei auch keine große Leuchte, ein Spätzünder, hätte der Vater Cardin selbst angedeutet, ohne dessen Beziehungen der Sohn wahrscheinlich das Studium nicht geschafft hätte. Sie und das Dienstmädchen sollten der Kleinen das Kochen beibringen und sie in der Kunst unterweisen, einen Haushalt ordentlich zu führen.

Ein Lächeln

Ich studierte in Lyon und verbrachte die Weihnachtsferien im Chalet. Dort traf ich auch meine Geschwister. Chalet nennen wir das Ferienhaus, das unsere Eltern noch vor dem Krieg in den Südalpen gekauft hatten. Maman kam zum Frühstückstisch, den wir gedeckt hatten. Sie war wie immer fest in ihren Flanellmorgenrock eingewickelt. Ich mochte meine Mutter im Morgenrock, wir waren dann intimer, hatten die Nacht geteilt, jetzt das Erwachen, das Frühstück. An diesem Tag war sie anders als sonst: Sie lächelte. Wir tauschten erstaunte Blicke: Unsere Mutter lächelte, einfach so, vielleicht, weil wir das Frühstück vorbereitet hatten? Ich erinnere mich, dass dieses Lächeln etwas Listiges hatte, das Lächeln von jemandem, der eine Überraschung vorbereitet oder sich einen Scherz erlauben wird, ein Lächeln, das einen kleinen Triumph ankündigt. Sie sagte aber immer noch nichts, rührte in ihrer Tasse, träumte lächelnd vor sich hin. Wir spürten ihr Bedürfnis zu sprechen, sie suchte anscheinend die richtigen Worte. Ich strich Honig auf mein Brot, leckte den Löffel ab, der zum Honigglas gehörte, wofür ich sonst Schelte kriegte, Maman aber schien immer noch mit der Suche nach Wörtern beschäftigt zu sein, als Pauline fragte, was eigentlich los sei, warum diese Heiterkeit? »Ich habe geträumt«, sagte die Mutter. »Ich träume sonst nie. Ich habe geträumt und ich erinnere mich.«

»Und was«, fragten wir alle gleichzeitig, »was hast du geträumt? Ein schöner Traum?«

»Ach, das nicht wirklich«, sagte Maman, »ich musste Schnee schaufeln, es war sehr anstrengend, es hatte geschneit, also wie gestern und heute.« (Es schneite wirklich und ausgiebig). »Ich grub also im Schnee herum, wollte die Straße frei legen. Die Schneemasse war aber so dicht und schwer, dass ich nicht zum Asphalt durchkam. Die Schneemauern um mich herum wurden immer höher, es hörte nicht auf, der Schnee fiel weiter, schloss mich ein und man würde nie die Straße erreichen. Ich merkte auch, dass ich sehr unpassend angezogen war, ich trug ähnliche Röcke und Lappen wie die Bettlerin, die hinter unserem Haus hockte. Die Frau, die wir wie auch unsere Nachbarn ›die Prinzessin‹ nannten. Dann bin ich wach geworden.« Maman schaute uns an, immer noch lächelnd.

»Du warst allein?«, fragte ich. »Haben wir dir denn nicht geholfen?«

»Nein«, antwortete sie, »nein, ich war mutterseelenallein. Gibst du mir bitte den Honig, und hör auf, an dem Löffel zu lecken. Das ist ja ekelhaft.«

Ich höre heute die Stimme meiner Mutter, wenn es schneit. Ich laufe auf einer weißen Ebene, der Schnee lässt alle Laute erlöschen. Sie spricht so wie damals wie durch ein Federkissen.

Fingerhut und Nähnadel

Die Schule ist aus. Ich reiche meiner Mutter den Fingerhut und die Nähnadel, die sie ab jetzt brauchen wird. Ich möchte ihr für die Zeit zwischen Schule und Heirat die vier besseren Jahre ihres Lebens erdichten, vier Herbste, in denen sie mit Marguerite Maronen röstet und lernt, Kartoffel- und Kürbisgratins vorzubereiten, vier Winter, in denen sie mit ihr zu Hause ihre Aussteuer näht oder in Teestuben warmen Kakao trinkt, vier Frühjahre, in denen sie meistens mit Marguerite auf Streifzüge in die Stadt geht, vier Sommer, die sie mit den Eltern oder nur mit der Mutter in deren Landhaus verbringt, in dem sie beide Kirschenmarmelade kochen und Freunde der Eltern einladen, auch die Familie des angehenden Zahnarztes Jean Cardin. Der zeigt vorerst kein Interesse für die schüchterne Renée.

Der Schuldruck ist vorbei. Renée darf ab und zu ohne Begleitung in die Stadt, meistens an der Rhône entlang spazieren. Sie steht gern auf den Brücken, an das Geländer gelehnt, sieht dem grünen, strömenden Wasser zu, ertränkt ihre Nichtgedanken in der strudelnden Bewegung. Einmal verirrt sie sich in der Stadt und gerät in die Rue Mercière. Links und rechts auf dem Bürgersteig rauchen leicht bekleidete und auffallend geschminkte Frauen. Renée kann nicht umhin, einer Frau mit halb nacktem Busen einen Blick zuzuwerfen, und wird von ihr sogleich harsch angegangen, sie solle sich trollen, das sei kein Ort für sie. Renée versteht nicht, rennt weg, Scham und eine obskure Angst bleiben ihr im Hals stecken. Sie erzählt ihrer Mutter nicht von dieser Begegnung.

Sie wächst beschützt auf, die Konflikte von Marguerite und ihrem spielsüchtigen Gatten, die ersten finanziellen Schwierigkeiten der Legendres, bleiben ihr verborgen, nehme ich an, ein neues peinliches Geheimnis, die Lebenslüge des bürgerlichen Apothekers Charles-Léon. Es sei denn, sie horcht an der Schlafzimmertür der beiden, wie ich es als Kind gemacht habe und dabei vor Angst und Ekel würgte, wenn sich der Schrecken der Erwachsenenwelt auftat. Trotz der innigen Liebe von Marguerite bleibt Renée ein verschlossenes Mädchen, passiv und freundlich, das willig, aber freudlos ihren Pflichten nachgeht und alles tut, was man ihr aufträgt. Streift sie manchmal der Gedanke, dass Marguerite sie vor einer schweren Zukunft gerettet hat? Ich vermute, sie hegt der Welt der Erwachsenen gegenüber ein tiefes Misstrauen. Sie ist lieb, aber lieblos. Sie ist friedlich und spürt keinen inneren Frieden. Sie hat Angst, etwas Falsches zu machen, zieht sich oft in ihr Zimmer zurück. Ihr Zimmer ist ein Wartezimmer, sie wartet auf eine Zukunft mit einem Ehemann und Kindern, eine Zukunft, die sie weder ablehnt noch herbeisehnt, eine Zukunft in einem undefinierten Woanders. Sie fühlt sich dann von dem Zwang befreit, Zufriedenheit und Heiterkeit vorzuspielen. Zufriedenheit ist eine Verpflichtung. Auf ihrem Jungmädchenbett, den Kopf an die Messingstangen angelehnt, und zerstreut den Teddybären streichelnd ist sie noch in Sicherheit, weg von einem realen Leben, dem sie nur getarnt begegnen kann. Sie ist allein mit sich, ein junges Mädchen mit konturlosen Gedanken und noch nebeligeren Träumen. Könnte sie sich ausdrücken, würde sie sagen: »Ich bin *es* nicht. Für das Glück, das ihr von mir verlangt, besitze ich nicht die nötige Energie. Es zündet nicht.« Ihr gegenüber fixiert die rosafarbene Puppe sie mit ihren Knopfaugen. Renée schaut in diese runden Kügelchen zurück. Oder nein, sie ist der Puppe müde und guckt zu den Goldfischen im Aquarium, das sie zum sechzehnten Geburtstag bekommen hat. Sie macht sie nach, versucht, mit ihrer Spucke Bläschen zum Platzen zu bringen. Sie möchte dabei etwas in sich ordnen, Ideen aufreihen. Sie kann es nicht. Sie möchte etwas über sich erfahren, aber sie traut sich nicht zu fragen. Sie fragt auch sich selbst nichts Richtiges, oder sie stellt sich nur verfilzte Fragen, die noch vor dem Fragezeichen zerfallen. Sie lebt schon immer in der Unwissenheit. Eine alte, durchlöcherte Unwissenheit in Bezug auf die Vergangenheit und eine glatte, noch entfernte Ignoranz in Bezug auf die Zukunft. Sie ahnt dunkel, dass Wissen diejenigen zerstört, die sich nicht dafür eignen. Das Bett rettet sie, die Küche, der Esszimmertisch, der Kleiderschrank, das Aquarium retten sie. Nur ich weiß, dass sie die lunare Heldin einer noch nicht geschriebenen Geschichte ist. Ihr Unwissen hat die Farbe Weiß ihres zukünftigen Hochzeitskleids oder der festonierten Betttücher.

Maman hätte tagelang graben und graben, schaufeln und wegschaufeln können, sie wäre zu keinem Ergebnis gekommen. Im großen Schweigen gab es nur Platz für Belangloses, für gestickte Tücher und kindische Träume: Die kleine Prinzessin heiratet den Prinzen, sie haben viele Kinder und leben noch, wenn sie nicht gestorben sind.

Gerüchte

Nach dem Tod von Großmutter Legendre wurde mir klar, dass Maman nicht die leibliche Tochter dieser schwarzäugigen Menschen sein konnte. Im Familienalbum der Legendres gab es auch kein Kleinkindfoto, sie wurde das erste Mal bei ihrer Erstkommunion fotografiert. Mir war aber noch nicht bewusst, dass traumatische (man sagte damals nur *dramatische* oder *tragische*) Erlebnisse diese stumme, traurige Person aus ihr gemacht hatten. Ich begann sie zwar zu befragen, stellte aber nur feige Fragen: »Was hast du in deiner Freizeit gemacht, Mama? Was hast du für Erinnerungen an deine Jugend?«

Es kamen vage Antworten: »Ach, weißt du, damals blieb man viel zu Hause.« Einmal sagte sie, sie habe sich mehrmals den Guignol angesehen, das Kasperletheater, vor dem sie sich als Kind so erschreckt hatte. Sie habe den Lyoner Dialekt nicht verstanden, aber vor allem seien es der Gendarm, die Stockschläge, die Brutalität, das fette Lachen gewesen, die sie erschreckt haben, sodass sie nie ein Stück habe zu Ende sehen können. Und sie fügte hinzu: »Das weiß ich nur von meiner Mutter, ich selbst erinnere mich an nichts.« Als Sechzehnjährige aber schaute sie sich die Stücke für Erwachsene an, deren politische und satirische Tragweite sie nur annähernd begreifen konnte. Guignol und seine Frau, die Aufsässigen, gerieten immer in Schwierigkeiten, sie hatten kein Geld, konnten monatelang die Miete nicht bezahlen, versuchten, nachts heimlich ihre Wohnung auszuräumen, damit der Gerichtsvollzieher ihre Habseligkeiten nicht beschlagnahmen konnte, beim nächtlichen Geheimumzug aber stolperte man über die Matratzen, die Töpfe rollten die Treppen runter, der Krach weckte den Gendarmen, es passierten weitere Katastrophen, die die Zuschauer zum befreienden Lachen brachten, schließlich nahm alles ein gutes Ende, Guignol hatte wieder mal den Gendarmen überrumpelt, den reichen Wohnungsvermieter verspottet und die Sympathie des Gerichtsvollziehers gewonnen. Es galt immer, die Reichen, die Polizei, die Justiz und auch die Priester zu verhöhnen, das Volk, der *Canut* (Seidenarbeiter), die Unterjochten verhungerten zwar, zeigten aber den Reichen den Stinkefinger. Anzüglichkeiten steigerten das Vergnügen.

Ob Maman damals ahnte, dass sie aus dieser Welt der Unterdrückten stammte? Ich denke nicht. Ich fragte einmal eine Tante, die Schwester meines Vaters, was sie über die Herkunft meiner Mutter wisse. Meine Tante hatte einen guten Tag: Renées mutiger leiblicher Vater sei im Ersten Weltkrieg für das Vaterland gefallen, ihre Mutter, eine sehr anständige Frau, sei einige Monate nach ihrer Geburt verstorben und leider habe es keine Familie gegeben, die den Säugling habe aufnehmen können. Das war also die offizielle Version. Die französische Bourgeoisie log sich gern in die Tasche. Privat kursierten ganz andere Gerüchte, die Pauline entgegengeschleudert wurden, als sie selbst schwanger wurde: »Es wundert uns nicht, man weiß ja nicht, woher ihr kommt, man kann es sich aber denken.«

Die Enttarnung

Erwacht ist Renée beim Notar. Da wurde sie enttarnt.

Jean, der Zahnarzt, hat schließlich nachgegeben und macht Renée offiziell den Hof. Er war lange in eine andere verliebt, eine schöne und freche Kollegin, die ihm leider einen anderen vorzog. Jean ist schon dreißig und seine Eltern drängen, höchste Zeit, eine Frau zu nehmen, eine Familie zu gründen, und die kleine Legendre ist eine gute Partie, ein süßes Mädchen, bescheiden und sehr gut erzogen. An einem Frühlingstag gehen sie im Obstgarten des Landhauses seiner Eltern spazieren. Die Äpfel blühen und sie sagt: »Ach, wie hübsch die Apfelbäume blühen«, und er sagt: »Ja und im Herbst gibt es saftige Äpfel.« Sie suchen dann krampfhaft nach Gesprächsstoff, die internationale Lage gibt etwas her: »Was meinen Sie«, sagt Jean, »sollte man sich nicht vor diesem nationalsozialistischen Deutschland fürchten? Diese Nürnberger Gesetze gegen die Juden, dieser Hitler.«

»Es könnte sein«, sagt Renée, die den Namen Hitler zu Hause schon öfter am Tisch gehört, allerdings keine Ahnung von den Nürnberger Gesetzen hat.

»Ich war im Februar bei den Olympischen Winterspielen«, sagt Jean, »in Garmisch-Partenkirchen, mit einem Freund, es war sehr beeindruckend.«

»Ach, wirklich?« Als sie »Ach, wirklich« sagt, hebt sie die Augen, und das Licht lässt deren blaue Farbe noch intensiver wirken. »Sie sind bestimmt selbst sehr sportlich?«, fragt sie.

Jean erzählt von seiner Leidenschaft für Ski, Bergsteigen, Tennis, und da sie zuhört, ohne ihn zu unterbrechen, findet er sie einfühlsam und klug. Er betrachtet sie und mag ihre schlanke, aber sehr weibliche Figur und ihre Schüchternheit, die Art, wie sie die Augen senkt, sobald er sie anschaut.

Sie heiraten am 29. Oktober 1936. Renée trägt den Namen Legendre erst seit Februar. Konnte man den Namenswechsel aus dem Ehevertrag erschließen? Auf jeden Fall erfahren die Cardins erst beim Notar, dass Renée ein Adoptivkind der Legendre ist. Renée wird aus der Kanzlei hinausgebeten. Sie muss ins Wartezimmer, aber noch bei halb geschlossener Tür hört sie, wie ihre baldige Schwiegermutter kreischt: »Man weiß ja doch gar nicht, woher sie kommt! Ein Straßenkind! Ihre Mutter könnte eine Hure gewesen sein!« Und sie hört, wie ihre Adoptivmutter ebenfalls schreit: »Renée ist unsere Tochter. Wir haben sie großgezogen und gut erzogen, das ist das Einzige, was zählt!« Es folgt ein Stimmengewirr, Männerstimmen, Frauenstimmen, Renée hört die Stimme ihres baldigen Ehemanns nicht darunter. Sie findet, er hat schöne, graue, verträumte Augen. Ich möchte so sehr, er würde jetzt aus der Kanzlei rauskommen, sie an die Hand nehmen, ihr sagen: »Lass die Alten sich untereinander schlachten, lass uns zusammen weggehen«, dann wäre, denke ich, das unerwünschte Kind kein verwunschenes Kind mehr. Jean aber sitzt selbst erschlagen von der Offenbarung beim Notar, und mehr noch, denke ich, von der Empörung seiner Mutter als von der Offenbarung, Renée sei ein Adoptivkind. Sie selbst weiß es nur noch vage oder gar nicht mehr. Die Vergangenheit ist verschwommen. Sie ist erst seit einigen Monaten aus der Obhut der Fürsorge befreit, zur

offiziellen Tochter Legendre geworden, sie ist noch nicht voll-
jährig. Man bedarf dafür nicht mal ihrer Unterschrift. Hat sie
den Namenswechsel wahrgenommen? Jetzt aber hat das Ge-
kreische in der Kanzlei des Notars sie auf ihrem Stuhl zusam-
mensacken lassen. Gewitterblitze durchzucken ihr Gedächtnis. Wer ist sie, woher kommt sie? Was ist genau passiert? Als
Eltern und Schwiegereltern aus der Kanzlei kommen (der Vertrag war immerhin unterschrieben worden, Gütertrennung),
finden sie eine schluchzende Renée vor, die versteht, warum
sie ihre Umwelt nie verstanden hat: Sie gehört definitiv nicht
dazu, sie ist so etwas wie ein Findelkind. Ihre echte Mutter
war wahrscheinlich eine dieser schrecklichen Bettlerinnen,
die sich manchmal in den Türeingängen der Wohnhäuser ver-
steckten. Ihre Adoptiveltern haben versucht, sie in ihre Welt
hineinzuschmuggeln, vergeblich, sie ist enttarnt, das spürt sie,
aber sie weiß nicht viel mehr als vor einer Stunde.

Das Hochzeitskleid

Ich besitze ein schwarz-weißes, leicht vergilbtes Foto von meiner Mutter in ihrem Brautkleid. Es wurde, nehme ich an, in der Wohnung ihrer Eltern geschossen. Ich stelle mir vor, wie sie mit der Hilfe ihrer Mutter vorsichtig in das Kleid geschlüpft ist, wie der Vater vor der Tür wartet, vielleicht ein bisschen ungeduldig. Die Aufnahme ist ein gekonntes Klischee, Schatten-und-Licht-Spiel aus grauen, weißen und Sepiatönen. Im Zentrum des Bildes steht die junge Braut vor einer hellen Flügeltür in einem schlichten und eleganten langärmeligen Satinkleid. Der halbmondförmige, satinierte Haarreif erinnert an die zwei Ringe des gewellten Kleiderkragens. Darunter ist ihr hellbraunes Haar nach hinten frisiert. Die Zeit des Bubikopfs ist vorbei. Ein Schleier und eine lange Schleppe fallen an ihr herab. Das figurbetonte Oberteil des Kleides mündet auf Taillenhöhe in einen nur leicht ausgestellten bodenlangen Rock, dessen Falten schräg am Körper bis zu den Füßen herabfließen. Die Schuhe sind von der langen Tüllschleppe verdeckt, die vor ihren Füßen konträr zu den Kleiderfalten wallt. In ihrer linken Armbeuge erstarrt eine Garbe Madonnenlilien, die sie mit der Hand festhält. Der rechte Arm liegt am Körper an, von einem Blumenstängel halb verdeckt, der, so scheint es, sich kopfüber aus der Garbe gelöst hat und mit ihr in einer Linie, wenn auch in die entgegengesetzte Richtung fällt. Links auf dem Kaminsims schauen weiße Nelken aus einer breiten Kristallvase, auch rechts auf einem Leuchtertisch fächert sich ein üppiger Strauß weißer Blumen in einem hellen Krug auf. Maman hält die Augen zu den Lilien in ihrem Arm gesenkt, als betrachtete und wiegte sie liebevoll ihr erstes Kind. Die Schatten der Sträuße und der Braut auf der Flügeltür bringen Farbnuancen in das perfekte Bild. Das Zimmer duftet nach den Blumen. Um die junge Frau steht die Welt still.

Hochzeitsfotos

Meine ältere Schwester Aline sammelt Hochzeitsfotos. Sie sammelt, sagt sie, »die schönsten Tage« eines Frauenlebens. Schwestern, Töchter, Schwiegertöchter, Nichten hängen über dem Kamin zwischen getrockneten Rosen. Kitschsammlung, gesammelte Schlüsseltage des Lebens, Aline liebt Hochzeitsfotos als Erinnerungen und Beweise des offiziell schönsten Tages. Ja, das Klischee kann auch »beweisen«, was es nie gegeben hat. Es steht vor dem erloschenen Glück wie eine zierende Kaminverkleidung.

Lisa, die Jüngste, hängt nicht in der Sammlung. Zwanzig Jahre jünger als Aline stammt sie aus einer anderen, selbstbewussteren Generation. Sie war eine alleinerziehende Mutter. Sie hatte sich für das Kind entschieden, hat nie geheiratet und hegt heute noch ein tiefes Misstrauen Männern gegenüber. Und eine unheilbare Unsicherheit.

Aline selbst trug vor dem Standesamt ein ärmelloses, blaues Kleid und lächelte charmant unter ihrer blonden Hochsteckfrisur. Sie war schwanger, als sie heiratete. Ich zweifle daran, dass sie nach dem Drama, das ihre ungewollte Schwangerschaft hervorrief, den schönsten Tag ihres Lebens auf ihrer Hochzeit erlebte. Ihr Mann hat sie und ihre Tochter kurz nach der Geburt verlassen.

Sie hatte aber bei ihrer Hochzeit bestimmt noch Hoffnungen. Die Idee der glorreichen Hochzeit – »Ich heirate heute!! Ja, ich!« – und die Szenarien, die sich aus den Glanzfotos he-

rauslesen lassen, waren reicher und stärker als die zerbröckelnden Zustände, die Konflikte, die Zweifel, die Ängste, die das
Paar und deren Eltern noch gestern auffraßen, und die jetzt
für die Zeit einer amtlichen oder kirchlichen Eheschließung,
die Stunden von einem Festessen und zwei Walzern, schweigen müssten. Schließlich war noch alles möglich, sogar eine
heile Familie. (Lasst uns also glauben, dass das Bild, das geschossen wird, wie durch ein Wunder die Zukunft bestimmen
könnte. Lasst uns glauben, dass nicht das Leben fotografiert,
sondern dass die Fotografie ein neues Leben erzeugen wird.)

Meine Schwester Pauline heiratete im Sommer. Sie trat aus
der Dorfkirche in einem langen, geblümten Sommerkleid und
trug in der Armbeuge eine Garbe Kornblumen. Ihr fünfjähri-
ger Sohn, dessen Erzeuger sie noch während der Schwangerschaft verlassen hatte, stand in einem süßen Anzug neben ihr
und ihrem frisch angetrauten Mann. Pauline wollte ihr Kind
nicht allein erziehen und schloss eine Vernunftehe. Eine Tante hatte sie und ihren Mann verbandelt. Dieser Mann hatte
als Buchhalter des Automobilclubs den Ruf, nie einen Fehler
zu machen und akribischen Spaß an perfekten Rechnungen
zu haben, er mochte meine Schwester sehr und wollte fehler-
freie Tage, Tage des besten Willens und des Einverständnisses
mit ihr erleben. Auch sie wollte ihn lieben und in der Tat wird
sie an ihm ein Leben lang hängen. Die Wunde aber, die der
Kindsvater hinterlassen hat, wurde nie geheilt. Depressionen
überfielen Pauline, sie schluckte Psychopharmaka und Schlaf-
tabletten und stellte Fragen, die ihr in jedem Lebensabschnitt
in jedem Freundes- und Kollegenkreis vorausgingen: Seht ihr
mich? Liebt ihr mich genug? Bin ich jemand, den man lieben
kann?

Pauline sagt heute, sie habe keine Erinnerung an unsere Kindheit. Die dunkle Schule? Die Demütigungen durch die bösen Nonnen? Das Dienstmädchen Henriette? Nein, keine Ahnung. Und zu Hause? »Zu Hause wurden wir meistens wie Pensionsgäste behandelt«, lacht sie, »gleichgültig-freundlich. Jeder führte sein Leben für sich und ich hätte nicht sagen können, woran es mir fehlte. An Wärme vielleicht. An Interesse. Aber wir machten uns doch keine Gedanken darüber. Ich spielte den Clown, versuchte, Aufmerksamkeit zu erregen. Erinnerst du dich, wie ich den Clown spielte?«

»Ja, ich erinnere mich.«

Pauline verkleidete sich, tanzte, machte Pirouetten, erzählte Drolliges aus der Schule.

»Wir haben nie mit Maman zusammen gespielt, nie gelacht, nie gesungen, nie Geburtstag gefeiert, sie hat uns nie vorgelesen oder Geschichten erzählt, nichts von dem getan, was man nun mal mit Kindern macht.«

»Dafür waren wir sehr frei«, sage ich, »uns selbst überlassen, Hauptsache, pünktlich zum Essen anrücken, auch mit ungewaschenen Händen.«

Ich brauchte keine tägliche Mutter, es reichte, dass man sie zu Hause traf, ich war auch ohne Mutter glücklich, fühlte mich am besten, wenn ich allein war, versteckt hinter Büschen und Bäumen, mit einem Buch. Ich wollte poetisch leben. Es erforderte große Worte, große Gefühle, große Bäume. Wenn ich nach Hause kam, brachte ich Maman Wildblumen oder buntes Laub mit und sie steckte sie in die Kristallvase, die ich auf ihrem Hochzeitsfoto gesehen habe. Ich glaube nicht, dass ich sie für sie pflückte, sondern aus lauter Freude am Pflücken. Die Schulfreundinnen waren wichtiger als die Mutter. Wir träumten uns in eine glänzende Zukunft. Suzanne wollte eine große Malerin werden, Danielle eine Dirigentin, ich ein weiblicher Rimbaud. Wir lachten, lachten über die Lehrer, erfanden Spottlieder, diskutierten über den Algerienkrieg, fühlten uns frech und schlau, in unserer Provinzstadt zu einer brillanten Künstlerzukunft berufen, fühlten uns auf dem Schulhof genauso existenziell wie die Existenzialisten im Café de Flore.

»Ich war nicht du«, sagt heute Pauline.

Das stimmt. Während ich erwartungsgerecht studierte und heiratete, haben die Eltern Pauline damals rausgeworfen, als sie schwanger verlassen wurde, sie musste bei Tante Tamara und Onkel Simon wohnen. Bei Besuchen durfte sie ihr Kind nicht mitbringen, wegen der Leute, wegen der Schande. Immer wieder die Leute. Was werden die Leute von uns denken? »Maman hat mich nie verteidigt«, fährt Pauline fort. »Sie schämte sich fürchterlich für mich. Damals war es eben so. Später durfte ich wieder nach Gap zu ihnen. Einmal sind wir aber mit meinem kleinen Sohn spazieren gegangen und haben jemanden getroffen, den Maman kannte. Sie hat mein Kind als Sohn meiner Freundin vorgestellt, ›wir spielen heute Kindermädchen‹, log sie. Ich habe nicht widersprochen, kein Wort gesagt. Mir war übel.«

Kurze sachliche Sätze. Ich höre ein altes Schluchzen darin. Sie wiederholt: »Damals war es eben so.«

Und ich

Ich, die Unabhängigkeit, Freiheit und Rebellion gegen den bürgerlichen Clan meines Vaters predigte, habe einen Ehrenplatz zwischen Strohblumen und zerbröckelnden Rosen. Ich knie als Einzige im heiligen weißen Kleid der Braut am Altar. Ich hatte für Maman meine Prinzipien mit weißen Pumps kleingetreten. Ich stand ein Leben lang für meine Gefühle, nicht für meine Ideen. Später habe ich entdeckt, dass auch Ideen Töchter der Gefühle sind, sich aber rational verkleiden, das hat mich getröstet. Was wollte ich? Ihr die Freude ihres Lebens machen? Ihre Enttäuschungen kompensieren, ihr Normalität und ein bisschen Stolz schenken? Oder wollte ich doch die Heldin des Tages sein, am schönsten Tag meines Lebens?

Mein Hochzeitskleid war bescheidener als das von Maman. Da ich meinen sparsamen Vater nicht überfordern wollte, hatte ich das preiswerteste genommen, das ich finden konnte. Immerhin ein langes, weißes Hochzeitskleid, das den Normen einer bürgerlichen Hochzeit entsprach. Das kleine Diadem war mit falschen Perlen besetzt und der Schleier ziemlich kurz. Keine Schleppe. Ich trug einen kleinen, weißen Brautstrauß und zu meinen Füßen standen zwei Kübel mit weißen Rosen, alles nicht so üppig und teuer wie bei meiner Mutter, aber die Inszenierung stimmte. Ich hatte mit der Freude meiner Mutter gerechnet. Nicht mit diesem sonderbaren Blick, als sie mich im Hochzeitskleid erblickte. Ich dachte, sie würde sich freuen, die Tochter, die ihr auch ähnlich sah, als eine Art

Spiegelung ihrer selbst zu sehen. Sie beherrschte sich und ließ ihre Traurigkeit wie Rührung aussehen. Ob sie in der Ähnlichkeit zu mir ein böses Omen erahnte? Eine Wiederholung ihres Schicksals? Ich erkenne jetzt auf dem Foto meinen verträumten, unsicheren Blick, ich begreife meine damaligen Zweifel meinen Schwestern gegenüber, Pauline vor allem, die ich, wie ich dachte, mit dieser standesgemäßen Hochzeit verriet. Pauline, die von meiner bösen Großmutter angefaucht wurde, als sie von der illegitimen Schwangerschaft erfahren hatte: Schon wieder ein unglückseliges Bastardkind wie eure Mutter, wer weiß schon, aus welcher Gosse die gekrochen ist.

Das Kind durfte bei meiner Hochzeit nicht zu sehen sein. Es war mir nicht ganz bewusst, aber ich spürte schon, dass ich den ganzen Tag Theater spielte. Ich wollte Freude ausstrahlen und doch war alles gestelzt, halb gelogen, inszeniert, ich schwankte zwischen der Lust abzuhauen und dem innigen Wunsch, den Eltern zu gefallen, ihnen keine Schande zu machen, Maman zu *trösten*. Ja, ich war stolz, ihr Trost zu sein, und doch kam mir mein ganzes Wesen peinlich und falsch vor.

Ich war zweiundzwanzig und mein Mann und ich kannten uns seit zwei Jahren. Wir heirateten in der evangelischen Kirche, ihm und seiner Familie zuliebe, denn ich selbst glaubte damals weder an Gott noch an den Teufel und noch weniger an mich. Und nach dem Festessen, nachdem mein Mann die böse Großmutter, dann die Tanten und seine eigene Mutter zum Walzer aufgefordert hatte, nachdem ich selbst mit meinem steifen Vater, meinem Schwiegervater und meinem Onkel ebenfalls Walzer getanzt hatte, und nachdem wir beide damit unser Soll an der Festgesellschaft und dem Familienzirkel erfüllt hatten, stiegen wir in unseren Fiat 500, um unsere bescheidene Hochzeitsreise in die Provence anzutreten.

Auf einer anderen Aufnahme sehe ich auch Maman, immerzu einen halben Schritt hinter Papa oder ihrer Schwiegermutter oder ihrer Schwägerin, Maman, die kein einziges Mal lächelt, nicht, als sie mit Vater oder Onkel tanzt, auch nicht, als alle dem Paar im Fiat 500 zuwinken und in zwei Sprachen *au revoir* zurufen, viel Glück wünschen. Sie lächelt auf keinem einzigen Foto. Vielleicht versank sie in sich selbst und brütete über ihrer damaligen Angst vor der ersten Nacht mit unserem Vater, über ihre schwierige Ehe mit ihm oder ihrer Unfähigkeit, sogar an diesem besonderen Tag, Glück zu empfinden.

Das erste Mal

Ich reiche meiner Großmutter Marguerite ein Taschentuch. Sie verabschiedet sich von ihrer geliebten Adoptivtochter. Renée hat dreizehn Jahre ihres Lebens bei den Legendres verbracht. Ihre dreizehn Jahre alte Mutter weint. Ein diskretes Weinen, sie zerdrückt zwei Tränen und ringt sich ein zögerndes Lächeln ab. Sei glücklich, mein Kind. Renée sieht die feuchten Spuren auf Marguerites gepuderten Wangen, kann aber der Mutter kein einziges Wort des Trostes oder der Zuversicht sagen. Als Charles-Léon Legendre seiner Frau einen aufmunternden Arm über die Schulter legen will, befreit sie sich sofort und drückt Renée noch einmal gegen ihre Brust. Die Tochter lässt sie allein mit dem Spieler, der nach und nach ihr ganzes Vermögen in Casinos verprassen wird. Das Problem haben sie unter den Perserteppich gekehrt, bis auch der verkauft war.

Das Paar fährt im Schlafwagen nach Venedig und die Reise im Zug gibt der jungen Ehefrau einen Aufschub. Erst am nächsten Tag in Venedig liegen sie Seite an Seite, sie in einem seidenen Nachthemd, das Marguerite ihr zwei Tage vor der Hochzeit mit vielen Erklärungen und Ermutigungen geschenkt hatte. Die für ihre Zeit fortschrittliche Mutter hatte ihr die Genitalien eines Manns mit farbigen Stiften aufgezeichnet, wobei Hoden und Penis etwas gemüsehaft ausfielen. Anhand einer zweiten Zeichnung des weiblichen Unterleibs folgte sie dem Weg, den das längere Organ nehmen würde. »Mein Schatz, sieh den Penis einfach als kleine Brücke zwischen euch.« Nach dieser Anatomiestunde hatte sie die Tochter umarmt und versichert, das erste Mal sei bekanntermaßen nicht so angenehm, später aber könne es sogar viel Spaß machen. »Am Anfang, mein Kind, lass es einfach geschehen, ohne dich zu verkrampfen, denke einfach an etwas Schönes, die Laguna, die Gondolieri auf ihren Booten.« Ja, ihre liebenswerte Mutter verharmloste das berühmte erste Mal und versuchte, ihr dieses *faire l'amour* schmackhaft zu machen. Sie empfahl ihr sogar, auf dem Rücken zu liegen und die Beine etwas anzuwinkeln. »Du hast Glück«, sagte sie noch, »dein Mann ist schlank und nicht zu schwer und er riecht nicht aus dem Mund.«

Als es vor der Hochzeit beim Notar zum Eklat gekommen war und Renée von draußen den Aufschrei der zukünftigen Schwiegermutter vernehmen konnte, war sie von einem plötzlichen Aufblitzen von Erinnerungsfetzen überrascht worden, die einen schwarzen Himmel in ihr zerrissen hatten. Jeder dieser Blitze hatte ein Stück Landschaft erhellt, einen grünen Hang in der Ardèche, eine Hofmauer, die Euter einer galoppierenden Kuh, einen breiten dunklen Mann vor der offenen Tür der Scheune, der das Licht schluckte, blutunterlaufene Augen. Dann waren die Eltern und ihr zukünftiger Mann aus der Kanzlei gekommen, aufgewühlt, die Mutter blass, die zukünftige Schwiegermutter gerötet. Und Renée stand wieder im Wartezimmer zwischen den geblümten Tapeten der Gegenwart, schaute Jean an, der zaghaft lächelte und ihr hinter dem Rücken seiner Mutter beruhigende Zeichen gab, ihr erster intimerer Austausch. Sie hatte sofort wieder vergessen, was sie flüchtig erblickt hatte, als hätte sie nur in einem Schauermärchenbuch geblättert, das nicht mehr ihrem Alter entsprach. In Venedig aber, als ihr Mann es darauf anlegt, in sie einzudringen, und sie versucht, ruhig und furchtlos zu bleiben, also allen Empfehlungen ihrer Mutter zu folgen, überfällt es sie plötzlich wieder, der Hof, der Bauer, seine Frau, die Scheune, der Hund, alles gleichzeitig und zusammengemischt. Sie hört deutlich dieses Wort: Bastard. Sie beginnt zu winseln, sich zu winden, zu hecheln, sie schreit, stemmt sich gegen die Schulter des Mannes, den sie mit seinem roten Gesicht, seinen verrückten Augen, seiner schwitzenden Stirn nicht erkennt, und er, erschrocken, verstört, gleitet aus ihr heraus, kniet mit seinem erigierten Penis vor ihr, spricht beruhigende Worte, die wirkungslos bleiben, Renée starrt hechelnd auf sein Ding, auf die rote, lodernde Eichel, außer sich, schluchzend und sieht zu, wie das Ding tropft, langsam kleiner wird, sich zusammenzieht, eine schleimige Schnecke, die schließlich in den Pyjama kriecht und verschwindet. Auch die kryptischen Bilder erlöschen. Jean wird ungeschickt, aber geduldig bleiben, und bald wird sie – was so auch im Gesetzbuch steht – der ehelichen Pflicht nachkommen, ohne inneren Tremor, ohne Schmerz, ohne Vergnügen. Meines Wissens wurde Maman sechsmal schwanger. Fünf Kinder kamen zur Welt.

Jean

Mein Vater wundert sich darüber, verheiratet zu sein. Er ist ein fremdbestimmter Mensch wie seine Frau, sein Leben ein Produkt seiner Eltern und der Zeit. Auch er kann diesen Gedanken nicht so formulieren. Alles hat sich so ergeben, ohne sein Zutun. Himmel und Hölle. Man springt aufs Feld Erde und dann von einem Feld zum nächsten. Man kann froh sein, wenn man nicht in der Hölle landet.

Jean ist wortkarg und reflektiert sein Leben nicht. Seine Mutter hat ihn als Säugling einer Amme anvertraut und als Schüler auf ein Internat gesteckt. Im Sommer schickt sie ihn zu Verwandten ihres Mannes in die Alpen – auch, damit er sich von einer Rippenfellentzündung erholen kann, die er sich in seiner Kindheit zugezogen hat. Die Berge heilen nicht nur die Lungen: Er ist gern dort, spielt und klettert auf Gipfeln mit Cousins und anderen Jugendlichen aus dem Dorf. Seine Mutter, die wir immer »die böse Großmutter« genannt haben, ist eine Misanthropin, die ihr Gift auf alles und alle spuckt, vorzugsweise aber auf Jean, den ältesten Sohn. Sie lässt an ihm kein gutes Haar, warum, weiß man nicht. Sein Vater sorgt, wann immer möglich, für einen Ausgleich. Er ist ein lebensfroher Mensch, der als Landarzt weder mit seinen Bemühungen noch mit seiner Zeit geizt. Mein Vater entwickelt im Gegensatz zu meiner Mutter ausgeprägte Interessen: Sport, Motorräder, Angeln, Autos, Alpinismus, Singen. Er macht wenig Gebrauch von seiner Bassstimme, singt aber ab und zu

Opernstücke und Volkslieder vor sich hin. *Carmen, Aida, À la claire fontaine.* Er würde lieber Förster als Zahnarzt werden, kommt aber nicht auf die Idee, seinen Wunsch zu äußern. Er macht zuerst eine Ausbildung zum Textilingenieur, dann, als die Seidenfabrikanten in Lyon alle nacheinander Pleite machten, schult man ihn um auf Zahnmedizin. Es ist in der Ordnung der Dinge. Er kann froh sein, denkt er, dass er nicht aus der Reihe tanzt, dass er es geschafft hat, Zahnarzt zu werden, ein braves Mädchen zu heiraten und eine Familie zu gründen. Er stand seinen Hochschulkameraden in nichts nach, er gehört zu den Gewinnern der Gesellschaft, auch wenn er sich nicht so fühlt. Seine Frau Renée ist nicht die Traumfrau, aber sie werden zurechtkommen, sie wird das Haus führen können, ihre gemeinsamen Kinder erziehen, die Termine der Patienten aufschreiben. Er selbst kann zweimal in der Woche Tennis spielen, darin ist er ganz gut. Das letzte Mal hat eine ältere Spielerin zu ihm gesagt, dass er »den Körper eines Zwanzigjährigen« habe. Renée hat das noch nicht bemerkt. Sonntags wird er in den Bergen wandern, wenn sie kein Interesse zeigt, darf sie gern zu Hause bleiben. Sie läuft langsam, ist sonnenempfindlich und wird schnell müde. Ganz für sich in den Bergen ist Jean frei und glücklich. Keine klebrigen Gefühle, keine obligatorische Rücksicht, reine Luft. Er mag die reine Luft und die Gipfel, er hat eine gute Kondition und überwindet alle Hürden. Dafür kann man doch akzeptieren, an den Arbeitstagen in offene Münder zu spähen und Amalgam in verdorbene Zähne zu stopfen. Wenn er damit sein Leben und das Leben seiner Familie finanzieren kann, dann ist das in Ordnung.

Er ist sinnlich, mag das gute Essen, mag das Liebemachen. Manchmal betrachtet er seine kleine Frau im Bett, sie gehört ihm, wenn auch nicht wirklich zu ihm. Sie liegt auf dem Rücken mit offenen Augen und sagt nichts. Er überlegt, ob er fragen soll, woran sie denkt. Wahrscheinlich wird sie sagen: »An nichts.« Er streichelt ihre Brüste, presst ein bisschen ihre Brustwarzen, sie blinzelt, schließt die Augen, beißt sich auf die Unterlippe. Er hört ihren beschleunigten Atem. Er streicht ihr über den Bauch, küsst ihren Hals. Sie dreht leicht den Kopf zum Fenster. Er rückt etwas näher, legt ein Bein auf sie, sie bleibt steif. Eines Tages (nach Lisas Geburt?) dreht sie sich abrupt auf die Seite und sagt: »Gute Nacht, Jean.« Auch er dreht sich seufzend um. Morgen vielleicht. Oder am Samstagabend oder am Sonntagmorgen?

Die Opferstimme

Ich schicke Lisa einige Seiten aus diesem Manuskript. Wir telefonieren. Sie fragt etwas gereizt am Telefon, ob ich unserer Mutter nur eine Opferstimme geben wolle. Ob ich Maman denn nur als Opfer sehe? Sie habe eine liebevolle Mutter in Erinnerung. Fröhlich? Nein, das nicht, fröhlich sei sie nicht gewesen, aber entspannter schon. »Entspannt« ist ein Wort Lisas Generation. »Wir beide, Maman und ich, waren einander Schutzmauer«, sagt sie. »Ich gegen ihr graues Leben mit Papa, sie gegen meine Angst vor der großen Welt. Wenn ich im Winter von der Schule kam, gab es heiße Schokolade, sie hatte mein Zimmer mit einem kleinen Zusatzheizkörper geheizt, da Papa Kohlen sparte und unsere Wohnung ziemlich kalt war.« So hat Maman also mit Lisa die liebevollen Handlungen fortgesetzt, mit denen Marguerite sie bedacht hatte. »Sie interessierte sich für die Schule. Sie fragte mich ab«, fährt Lisa fort, »Vokabeln, Geschichte, Erdkunde, Biologie. Oft besuchte sie eine Freundin aus ihrem Kaffeekränzchen, meistens Valentine, und ich traf sie dort nach der Schule. Wir gingen dann zusammen nach Hause. Es war schön, zusammen nach Hause zu kommen. Meine besten Erinnerungen habe ich an unser Leben im Chalet. Die Tochter von Aline war auch da, die kaum zwei Jahre jünger war als ich, ich durfte auch Freundinnen einladen. Maman verwöhnte uns, wie sie nur konnte, sie schimpfte nie, unsere Tage dort flossen ruhig und heiter dahin, Papa kam erst am Wochenende.«

Die steife, gleichgültige Mutter war also beim jüngsten Kind weicher geworden, hatte mit Ende vierzig wieder Freude gespürt, es gab warme Gefühle zwischen ihr und dem Kind. Ich staune, denke nach. Sie sei »entspannter« gewesen, hat Lisa gesagt. Natürlich war das Haus nicht mehr so laut, das größte Mädchenzimmer war leer, es wurde nicht mehr gestritten, die vier Großen waren aus dem Haus. Aline, Pauline und ich waren verstreut, arbeiteten, studierten, ich lebte mit meinem Mann in Deutschland. Philippe wohnte noch zwei Jahre bei den Eltern, bevor auch er in Lyon eine Ausbildungsstelle fand und auszog. Nicht der Auszug der großen Kinder ist aber mit dieser sogenannten »Entspannung« gemeint, nicht die Ruhe in der Wohnung. Und ich brauche nicht lange nachzudenken. Die neue Leichtigkeit, die Maman spürte, lag an dieser Tatsache: Sie konnte nicht mehr schwanger werden. Und: Der Geschlechtsverkehr wurde gewiss seltener, eine lästige Pflicht zu einem nach und nach verschwindenden Ritual. Der Samenerguss? Eine harmlose Sauerei. Renée war frei, wurde nicht mehr oft unter ihm festgenagelt. Frei. Befreiung war für Maman und Millionen von Frauen vor ihr das bloße Fernbleiben eines ungeliebten Körpers, eines verabscheuten Glieds.

Das jüngste Kind konnte das letzte Kind bleiben und in seiner Mutter eine echte, mütterliche Liebe wecken.

»Papa gegenüber war Maman nie frei«, sagt Lisa, als hätte sie meine Gedanken gehört. »Als ich etwa sechzehn war, ärgerte mich ihre Passivität ihm gegenüber. Sie protestierte nie, ließ sich alles gefallen, setzte nie eigene Wünsche durch, und trotzdem hing ich weiterhin sehr an ihr. Oft hörte ich, wie sie

Selbstgespräche führte, man konnte nicht viel verstehen, ich habe aber oft das Wort *fatiguée*, müde, herausgehört. Sie war *müde*. Lebensmüde. Vielleicht hatte der Krebs schon angefangen zu wuchern.«

Lisas besondere Stellung

Was waren damals Lisas Orientierungspunkte? Eine liebe Mutter, die ihr heiße Schokolade kochte, ein zu alter und überforderter Vater, der nichts von ihrer Jugend verstehen konnte. Eine ältere, in Deutschland wohnende Schwester, die sie ermutigte, die schöne Sprache Deutsch zu lernen. In der Tat folgte Lisa gegen den Wunsch der Eltern ihrem deutschen Brieffreund nach München, ohne um Erlaubnis zu fragen.

»Wie hat Maman reagiert?«, frage ich.

»Maman hat geweint«, sagt sie. Lisa studierte Übersetzungswissenschaft, ihr Freund Ludger leistete in München seinen Zivildienst. »Wie immer nach viel Brüllerei hat Papa sich beruhigt und nach einigen Wochen eingesehen, dass seine Autorität definitiv untergraben war.«

Lisa kam einige Jahre später allein zurück. Schwanger. Die Eltern wohnten nicht mehr in ihrer kleinen Provinzstadt, sondern in Lyon, wo Maman ihren Krebs behandeln ließ. Es ging nicht mehr um die Freundinnen und um das Gerede der Leute, auch nicht um das Urteil der bösen Großmutter, deren Tod niemand beweinte, auch wenn sich die Familie von Papa, Tanten und Cousinen, weiter das Maul zerrissen: Renées Gene! Die sexgierigen Töchter! Diese Flittchen kennen keine Werte, sie legen sich vor dem Erstbesten hin und machen die Beine breit. So in etwa stelle ich mir die bitteren Selbstgespräche von Jean vor, wenn er für sich das Gequatsche seiner Geschwister nachahmte. Die Todesängste, die täglichen Gänge in das Lyoner Krebskrankenhaus Léon Bérard, das große Unglück half zwar den Eltern, das kleine Unglück zu relativieren, befreite leider aber nicht vom bitteren Geschmack des Scheiterns. Maman war in Wahrheit nicht unglücklich: Sie hielt noch einmal ein Baby in den Armen. Sie küsste die Kleine, gab ihr das Fläschchen, ihr Gesicht entspannte sich. Sie lächelte. Das Kind war ein Abbild ihrer Mutter und ihrer Großmutter, es saugte gierig und schaute die kranke Renée mit blauen Augen an. Renée küsste die Kleine auf die Stirn, auf die Wangen, auf den Hals: »Ach, sie ist zum Fressen schön!«

Aber die Deutschen, warum die Deutschen? Mein Vater stand mit dem Rücken zur Wand, als hätten Ludger und mein eigener Mann vor, ihn zu erschießen, wie damals, als er im Krieg in eine Geiselnahme geriet und knapp den deutschen Soldaten entkam, indem er in einen Fluss sprang: die Deutschen, immer die Deutschen.

Opfer und Täterin

Die Frage oder eher der Vorwurf von Lisa bedrückt mich weiter: Eine Opferstimme? Ich höre das Negative in diesem Wort. Heutzutage wird es sogar als Beleidigung hingeworfen: »Du Opfer.« Tochter des Opfers. Und gleich häufen sich die Klischees. Jeder ist Opfer und Täter – hinter dem Täter versteckt sich ein Opfer – wer Mutter oder Vater als Opfer sieht, glaubt sein Leben lang, Opfer bringen zu müssen. Ich sage Lisa, Maman sei, zugegeben, als Tochter von Cécile ein Opfer der Zeit, ihres Milieus, ihrer Geburt, aber sie sei natürlich mehr gewesen und selbst nicht schuldfrei, eine beharrende, eine bornierte Kleinbürgerin, eine gleichgültige Mutter, eine Frau, die nicht lieben konnte, nur die Babys, immer nur das letzte Kind. Aber dass dies alles sie nicht ausreichend definiere. Ich werfe diese Etiketten nur so hin, ohne daran zu glauben, weil ich selbst nicht zugeben kann, dass ich meine Mutter, jawohl, hauptsächlich als Opfer oder nur als Opfer sehe. Das würde als sehr unnuanciert gelten. Sie war manchmal bösartig, lieblos, ungerecht, auch unserem Vater gegenüber, sie war eine rabiate Chefin, wenn ich an Henriette, unser Dienstmädchen denke, und doch sehe ich sie weiterhin als Opfer, vor allem als Opfer, auch in ihrem Hass gegen unseren Vater.

Meine Schwester Aline weiß nichts Gutes über Maman zu erzählen. Als ihr zweiter Mann beim Skifahren an einer Lungenembolie starb, habe unsere Mutter, anstatt sie zu trösten, gefragt, warum sie nun mal einen kranken Mann geheiratet habe, einen Mann, der schon als Schüler unter Asthma litt. Natürlich war sie geschieden gewesen und musste ohne Mann ein Kind erziehen, aber warum musste sie sich deshalb auf den Erstbesten stürzen? Aline beißt sich an diesem letzten Satz fest. Sie wiederholt ihn. Die rhetorische Frage ihrer Mutter ist sperrig, sie verbietet ihr jeden weiteren Zugang zu ihr.

Der Hass

Maman verabscheute Papa. Übertreibe ich? Meine Geschwister denken, dass ich übertreibe, sie sagen, dass die beiden sich gewiss nicht liebten, sich aber arrangiert hatten. Ich glaube, dass ich Mamans feindseligen Blick, den säuerlichen oder matten Ton ihrer wenigen Worte und ihr mürrisches Schweigen nicht fehlinterpretiert habe. Ich sah, hörte, spürte Hass. Überhaupt vernehme ich aus ihrem ganzen Leben ein tiefes, andauerndes Grollen. Damals konnte ich ihre Abneigung Papa gegenüber rational erklären: Sie warf ihm vor, dass er sie sonntags oft mit den Kindern allein ließ, um zu wandern oder Ski zu fahren. Sicher litt sie unter seinem Geiz und seinem autoritären Gehabe, er hatte zwei Autos und sie keinen Führerschein, sie durfte nicht ans Bankkonto, musste um jeden Geldschein bitten, alle wichtigen Entscheidungen traf nur er. Sie mochte das Meer, er wollte in die Berge. Gewiss fühlte sie sich unterdrückt, entmündigt, minderwertig. Ja, für Hass gab es sachliche Gründe, die man anführen konnte, ihre Feindseligkeit ging aber weit darüber hinaus: Was sie hasste, war seine Art zu essen, seine Haut, sein Geruch, seine Genitalien und dass sie mit ihm schlafen musste. Was sie hasste, war auch seine Mutter, sein Familienclan, seine Bürgerlichkeit. Er war Zeuge ihrer Unvollständigkeit, ihrer Unfähigkeit, eine dumpfe Stimme in ihr raunte ihr zu, dass sie nicht von Jean *auserlesen* wurde, sondern *aufgelesen*. Fallobst. Zweite Wahl. Nach dem Tod ihrer Adoptiveltern und seiner Mutter, war Jean der

Hauptzeuge ihrer Nichtzugehörigkeit, ihrer Abstammung von einer unbekannten Mutter, von der sie sich vorstellen konnte, dass sie zu den Ärmsten gehört hatte. Und vielleicht hasste sie ihn, weil es ihr leichter fiel zu hassen als zu lieben. Weil sie das als Kleinkind gelernt hatte. Unschuld erkannte sie nur in sehr kleinen Kindern, im ausgelieferten Kleinkind.

Ein Mordversuch

Noch war Pauline unschuldig, ich nicht mehr. Die dritte Tochter krabbelte durch die Welt. Ich war zwei Jahre alt, Pauline ein knappes Jahr jünger, als ich angeblich versuchte, sie zu ersticken. Ich hätte ihr das Kopfkissen weggezogen und auf ihr Gesicht gedrückt. Maman, die mir dicht auf den Fersen war, habe die kleine Schwester gerettet. »Gott sei Dank«, seufzte um den Tisch herum der Familienchor, »Gott sei Dank warst du ihr dicht auf den Fersen.« *In extremis* gerettet! Hatte ich vor, das Baby zu ersticken? Wollte ich instinktiv meiner Eifersucht Luft machen? Wollte ich nur spielen und das Schwesterchen wecken? Die katholische Schule wird uns später die Erbsünde eintrichtern. Das Böse laste von Geburt an auf uns. Ein dreifaltiger Tumor, im Kopf, unter der Brust, im Bauch. Die Operateure waren die Ordensschwestern des Heiligen Herzens. Der Sinn ihres Lebens bestand darin, uns das Böse auszutreiben, uns nach dem Tod die Tore zum Paradies zu öffnen. Der Exitus könne schon morgen eintreten.

Ich selbst kann mich dieser Untat nicht entsinnen, die zur Familienchronik gehört: Von diesem Tag an betrachtete meine Mutter mich mit Argwohn, beäugte jede meiner Bewegungen und sorgte dafür, dass ich nicht in die Nähe des Schwesterchens kam. Das Zimmer, das ich mit Pauline teilte, gehörte jetzt nur mir, ihr Bettchen wurde ins Zimmer meiner Eltern getragen. Krabbelte sie auf dem Teppich im Wohnzimmer, wurde ich streng beobachtet. Eine Überwachung, die ein ganzes Jahr lang andauerte. Aline hat mir die Geschichte des Porträts erzählt:

Ich sitze einsam auf dem Perserteppich und starre auf ein riesiges dunkles Bild an der Wand. Eine alte Frau aus dem neunzehnten Jahrhundert. Eine strenge Person in einem schwarzen Gewand, das Haar – man sieht nur den grauen Ansatz – unter der weißen Haube versteckt, die unter dem Kinn mit einer Schleife festgebunden ist. Ihr Mund zusammengekniffen, man bekommt Lust, ihr einen Löffel Brei dazwischenzuschieben, mal sehen, ob sich die Lippen öffnen. Ihre Augen sind dunkle Halbmonde. Sie stechen in den Blick des Kindes und metastasieren in die Zukunft. Die weiße, leuchtende Bluse, der schwarze Mantel sind leicht faltig, wie auch das Gesicht der Frau und die beringten Hände. Eine schwarze Spinne hat ein Netz über das ganze Gemälde gewebt.

Ich starre die Frau an. Die Frau schaut zurück. Ich habe noch nicht von der Mona Lisa gehört, spüre aber, dass ein böser Blick mir folgt, wenn ich das Gesicht nach links oder rechts wende. So bleibe ich jetzt regungslos. Der stechende Blick aber sinkt weiter in mich ein, gleitet tiefer und schwerer und drückt auf meine Blase. Soll ich aufstehen? »Die Urgroßmutter schaut dich an«, hat Maman gesagt. »Wenn du nicht sitzen bleibst, passiert etwas ganz Schlimmes.« Ich weiß nicht, was Schlimmes passieren wird, ob die Frau sich aus dem Bild lösen und aus dem Rahmen hinuntergleiten kann, zu mir kriechen und mich mit den knorrigen Händen packen, ich sehe schon, wie sich ihre Lippen öffnen, um die Mutter zu warnen. »Pass auf, du bleibst hier, bis ich wiederkomme.« Maman hat diese Worte sicher leise gesprochen, sie spricht meistens mit einer wattierten, tonlosen Stimme. Ein gequältes Lachen. Sie klingt nicht böse, eher so, als hätte sie selbst Angst vor der Frau auf dem Bild. Der Blick der Alten sinkt in meinen Bauch nieder, es drückt. »Maman, ich muss, ich muss, ich muss.«

Entfernte sich Maman aus dem Wohnzimmer, wurde Pauline in ihren Laufstall gesteckt und ich dem Ahnenbildnis anvertraut. Ein Bemühen um Autorität misslang Maman meistens. Nur mit dem Porträt hatte sie bei mir Erfolg, erzählte Aline. Ich hatte lang danach Angst vor dem Porträt, bis meine große Schwester sie verriet und bald darauf auch den Weihnachtsmann entlarvte. Sie befreite mich damit gleichzeitig von der Angst und von der Hoffnung, wenn nicht von der Erbsünde.

Henriette

Ich erinnere mich gern an den großen Herd in der Küche. Davor stand Henriette, das Dienstmädchen, und rührte in einem Topf. Sie war hässlich, Pustelchen an den Lippen, und wie Maman zwei dicke Locken auf dem Kopf, die mit kleinen Klammern befestigt waren. Sie war lieb zu uns, ich tratschte gern mit ihr, sie hörte wenigstens zu. Ich war sechs oder sieben und fragte sie, ob sie Kinder hat. Ja, sie habe Kinder.

»Wo sind deine Kinder?«, fragte ich.

»In anderen Familien«, antwortete sie.

»Warum?«

»Weil ich bei euch arbeite.«

Ich stieg in ihr Zimmer unter dem Dach und schaute mir ihre Sachen an. Es roch muffig. Der Geruch und die Scham trieben mich wieder hinaus. Ich fragte sie, ob sie lieber den Tag oder die Nacht habe.

»Die Nacht«, sagte sie.

»Warum?«

»Weil ich nicht schuften muss«, antwortete sie.

Ich staunte. Es gibt also Leute, deren Leben so hart ist, dass sie lieber schlafen als wach zu sein? Eines Tages hörte ich meine Mutter in der Waschküche. Sie beschimpfte Henriette, sie habe die weißen Kittel unseres Zahnarztvaters nicht richtig gewaschen. Es seien noch Blutflecken sichtbar. Maman konnte also als Gattin des Zahnarztes die Stimme erheben, wenn ihre Chefinnenrolle es verlangte? Maman fühlte sich jemandem gegenüber höhergestellt? Kann ich vom bürgerlichen Dünkel meiner Mutter sprechen?

Henriette brachte mich mit dem Fahrrad zum Haus ihrer Eltern auf dem Land. Ich saß auf dem Gepäckträger. Es dauerte lange und mir tat der Hintern weh. Die Mutter von Henriette gab mir eine weiße Traube. Ich erinnere mich auch an die Toilette, die klapprige Tür, die Enge des Raums, den Gestank. Eine kleine Hölle. Ich brauchte Luft, stieg auf die Klobrille und öffnete ein kleines Fenster. Ich beugte mich heraus und schaute in die weite grüne Landschaft. Ein Paradies. (Ich gehe schon seit dem Kindergarten in eine dunkle Klosterschule.)

Mamans Orte

Meine Mutter entgleitet mir. Sie fließt mir davon, eine innere Blutung, ich muss versuchen, sie festzuhalten, sie wiederzufinden. Ja, sie war erdrückt und entrückt. Unsicher. Unwissend. Es gibt Leute mit einem festen Kern, um den herum sind ihnen Fleisch und Geist gewachsen. Und es gibt Leute wie Maman, die eine Art schwebendes, undefiniertes Wesen haben. Wir sind alle vergänglich, sie aber war vergänglicher, fluider, ungreifbar. Sie hielt sich an der Türklinke fest, an der Teekanne, dem Strickzeug, dem Nähzeug, dem Einkaufskorb, dem Portemonnaie, den Kochtöpfen. Ihre Hände falteten Wäsche, stützten sich auf die Badewanne, in der die Wäsche eingeweicht wurde, sie öffneten Schränke (Aufräumen war ihre Lieblingsbeschäftigung, Kopf und Nase in den Schränken, den Mund dicht am Regal, sie mochte das Wegräumen der Winterkleidung und das Rausholen der Sommersachen), ihre Hände öffneten die Wohnungstür, das Terminbuch für die Patienten. Gedanken machte sie sich nur über Praktisches, über das, was man so brauchte: Essen, Kleidung, Schulsachen, die Rechnungen am Ende der Woche bezahlen, den Lebensmittelhändler, den Milchmann, den Metzger. Unsere Schuhe zum Schuster bringen. Die Einkaufsliste machen. Ihre Schrift: schräg nach hinten, jeder Buchstabe fällt auf den Rücken. Ihr Leben war ein Mosaik aus kleinen Handgriffen. Aber uns wird sie immer durch die Finger gleiten, eine sich entziehende Mutter. Ihre Welt war unmittelbar und klein und fand drinnen statt. Die

Deutschen sprechen von der »ganzen Chose«, wenn sie eine Sache nicht klar benennen wollen oder können, einen wandelbaren und grenzenlosen Zustand nicht abstecken mögen: eine schwer greifbare Angelegenheit. Man schwebt im Nebeligem, fischt im Trüben, watet in ausdehnbarem Gelände. Das Leben ist die ganze Chose, die Menge des Unsagbaren. Mit festen Abläufen und gewissen Einkäufen versuchte Maman, sich aus der ganzen Chose zu retten.

Ich sehe sie meistens an zwei Orten: im Erker des Wohnzimmers, wo sie strickte, eigentlich kein Erker, es sah nur wegen eines Wandschranks so aus, der als Bibliothek umfunktioniert wurde. Die Bibliothek war eigentlich auch eher eine Rumpelkammer, es gab darin nur wenige Bücher, dafür viel Kram, Bügeleisen, Bügelwäsche, Stoffmuster, Landkarten, ausrangierte Spielsachen. Mein Bruder sagte: »Unsere Wohnung ist keine Wohnung, sie ist ein Schiff.« Wir hatten das Schiff so eingeteilt: links die Kabinen erster Klasse (Eltern- und Kinderzimmer), rechts die zweite Klasse (stinkiges Bad, weil wir ins Bidet pinkelten, Küche, Dienstmädchenzimmer), am Steuer unsere Mutter im Erker, ein Kapitän auf der Fahrt ins Nichts. Die zweite Klasse ging auf einen dunklen Hof hinaus, die erste Klasse zur Straße hin.

Der zweite Ort ist der Gussheizkörper des Wohnzimmers. Dort stand sie oft im Winter, die Hände hinter dem Rücken direkt an den Rippen der Heizung. Sie fror ständig. Sie tupfte sich oft die Nase mit einem Taschentuch, einem mit Langettenstichen umsäumten Stück Stoff, das sie in den Kleider- oder Jackenärmel stopfte, wenn es in ihren Röcken keine eingenähten Taschen gab. Manche Menschen kann man sich ohne die für sie typischen Kleidungsteile oder Accessoires nicht vorstellen. Der Turban gehört zu Simone de Beauvoir wie die Melone zu Chaplin oder der Blazer zu Angela Merkel. Meine Mutter war die Taschentuchfrau.

Ich könnte verzweifeln, wenn ich merke, dass ich ihr nur negative Eigenschaften anhängen kann, sonst sehe ich sie als Nichts, eine leere Blase. Es kommt mir vor, als habe sie zwar leibhaftig gelebt, aber nur als ein angerichtetes Wesen. Als habe man ihre Seele und ihren Körper in den ersten sechs Jahren zum Schweigen gebracht. Danach wurde zwar eine Notreparatur vorgenommen. Das Wesentliche hatte man aber nicht wiederherstellen können. Sie war eine Fassade geblieben. Zumindest haben wir nur die zu Gesicht bekommen. Ich schreibe und denke an Racine: »Jede Erfindung besteht darin, aus nichts etwas zu machen.« Will ich das?

Ich schöpfe doch ständig aus dem Nichts. Ich mache ihr einen luftigen Sarg aus Worten.

Es fliegt mir ein Bild zu: mein Vater in guter Laune am Ende eines Mittagessens. Er dreht eine kleine Säule aus dem Wickelpapier der Orange und zündet sie an. Die Säule beginnt zu brennen, dann fliegt sie zur Decke. Wir Kinder haben ihm gewünscht, dass es klappt, und tun, als bewunderten wir sein kleines Zauberkunststück. Plötzlich sehe ich das Gesicht meiner Mutter hinter dem fliegenden Papier, ein zögerndes Lächeln, immerhin ein Lächeln, der Vater unterhält seine Kinder, die Mutter schaut wohlwollend zu, für eine Sekunde das Zusammensein einer heilen Familie, bevor die Asche erlischt und herabrieselt.

Zurück

An Silvester wurde Maman einmal zur echten Prinzessin: Sie trug ein türkisfarbenes langes Kleid und ging mit Papa zum Ball der Ärzte. Am nächsten Tag schenkte sie uns Konfetti und Luftschlangen, die wir durch das Zimmer warfen.

Als ich heute Morgen in meiner deutschen Wohnung erwache, spannt sich ein Regenbogen über erträumten Bergen und ich meine, bunte Papierfetzen kleben an meinen Fingern. Ich bin auf einmal voll Sehnsucht nach den Alpen, nach Schnee, nach unberührten weißen Hängen. Ich möchte meine Berge, meine Südalpen wiedersehen, mich im Ferienhaus meiner Eltern einquartieren und dort den Roman fertig schreiben. Die Opferstimme hat mich blockiert. Ich muss meine Wohnung und dieses Land für einige Wochen verlassen. Vielleicht werde ich im Chalet eher wieder die Stimme einer Familie, die wahren oder die anderen Stimmen meiner Geschwister finden, oder die Stimme meiner Eltern. Nach dem Tod meiner Mutter bin ich dort oft zusammen mit meinem Vater gewesen. Ich passte meinen Schritt dem seinen an, es gelang ihm noch, am Ende eines Hochtals die Hütte zu erreichen. Wir genossen beide unser Rührei mit Pilzen. Ich hatte längst Frieden mit ihm geschlossen, betreute ihn, wie das alte Kind aus den Zwanzigerjahren damals hätte betreut werden müssen. »Wie viel Zucker in deinen Kaffee, Papa?« Ich machte ihm seine Lieblingsgemüsesuppe. Lud seine Lieblingsnachbarin ein. Wir sprachen wenig. Ich gab ihm einen Gutenachtkuss.

Meine Mutter darf mir nicht ins Nichts oder ausschließlich in ihren Frust und Hass abdriften, mein Text darf auch kein »luftiger Sarg aus Worten« werden, er ist meine erste und letzte Umarmung. Schreiben. Streicheln. Festhalten.

Jules et Valentine

Meine Eltern heiraten im Jahr 1936 und sie ziehen bald darauf in die Alpen. Renée wäre lieber in Lyon geblieben, in der Nähe ihrer Mutter, aber Valentine und Jules, Cousine und Cousin aus den Hautes-Alpes, haben für Jean eine schöne Praxis in Gap gefunden und Jean liebt nun mal die Berge. Es ist Herbst. Nach einem Spaziergang unter goldfarbenen Lärchen essen sie bei den Cousins. In diesem alpinen Nest ist alles noch schön und friedlich, aber was jenseits der deutsch-französischen Grenze zunächst wie politische Turbulenzen ausgesehen hat, entpuppt sich bald als Bedrohung des Friedens. 30 000 Soldaten der Wehrmacht haben im März das Rheinland besetzt. Hitler hat damit den Versailler Vertrag gebrochen und wird in Deutschland bejubelt. »Sollte es zu einem Krieg kommen«, sagt Jules, »wird es sich in den Bergen besser leben lassen als in Lyon.« Sie wohnen nicht weit von Gap, in der Gegend, in der Jean die Ferien seiner Jugend verbracht hat und bald ein Chalet kaufen wird.

Ich kann mir vorstellen, wie sie die Frage diskutieren, ob am ersten August die französische Delegation bei den Olympischen Spielen in Berlin die Hand zum olympischen Gruß oder zum faschistischen erhoben hat. Valentine findet allgemeine Zustimmung, indem sie sagt, dass die verlegene Mannschaft es wohl selbst nicht genau wusste. Sie habe »etwas dazwischen« gemacht. Der Sport solle nicht von der Politik überschattet werden. Man müsse auch nicht so viel Aufhebens von einer idiotischen Pantomime machen. Jean bemerkt, dass der Absturz des Sozialisten Blum zu bedauern ist. Was jetzt kommt, sei sicher beängstigend.

»Aber Blum ist doch Jude«, widerspricht Cousin Jules, »und sehr nahe an den Kommunisten!« Man müsse unbedingt einen Sieg der Roten verhindern. Jean denkt, dass die Aufrüstung der Deutschen doch bedrohlich ist, Jules sieht das nicht so eng, er hegt eine gewisse Bewunderung für diesen Führer Hitler und dieses disziplinierte, tüchtige Volk, das nach und nach die wirtschaftliche Situation seines Landes wieder aufrichtet. Er sagt, Deutschland sei das Land der großen Philosophen. Die Menschen dort wüssten, was sie tun.

»Du hast dich auch groß mit Nietzsche beschäftigt«, lacht Valentine.

»Mit wem?«, fragt Jules. Er schüttelt den Kopf und spricht weiter mit Jean: Es sei auch richtig, dass Frankreich sich nicht in den Spanischen Bürgerkrieg einmische, dieser Franco gehe Frankreich doch nichts an. Renée schenkt zusammen mit der Cousine den Aperitif ein, sie beteiligt sich nicht an dem Gespräch. Jules ist Kettenraucher, aber es stört niemanden, er legt nur die Zigarette am Rand des Tellers ab, raucht sogar zwischen zwei Bissen. Valentine leert ab und zu den Aschenbecher.

Valentine kommt aus einer armen Familie aus den Hautes-Alpes, die nach Argentinien emigriert ist und, wie viele Menschen aus den Bergen, durch Schafzucht ein Vermögen verdient hat. Nach dem Tod der Eltern ist Valentine in die Hautes-Alpes zurückgekommen. Das Paar ist sehr reich, sie leben in einer luxuriösen Villa von ihren Renten, das beeindruckt meine Eltern. Jules interessiert sich für Politik und ist auch Bürgermeister seines Dorfes. Beide sind außerdem sympathisch, heiter, hilfsbereit und haben gute Manieren, sie sind Bonvivants und Valentines fröhliches Lachen erwärmt alle. Sie empfindet, denke ich, mütterliche Gefühle für Renée, diese schüchterne kleine Frau, die keine Ahnung von Politik hat, höflich nickt und immerzu lächelt. Valentine spricht jetzt mit ihr über Schauspieler und Renée versucht mitzuhalten: »O ja, Valentine, ich teile Ihre Meinung, Jouvet ist ein wunderbarer Schauspieler, und Arletty …« Maman spürt unter ihrer Haut den kleinen Funken einer beginnenden Freundschaft. Valentine wird zu den wenigen »Freundinnen« meiner Mutter zählen, zu dem Kaffeekränzchen, das sich öfter bei der einen oder der anderen traf. Tiefe, intime Freundschaften sind das gewiss nicht, der feste Rhythmus aber, der Apfelkuchen, das leichte Gespräch sind für Renée etwas Besonderes. Sie gehört zu einem Kreis dazu. Man klingelt bei ihr, alle vier Wochen.

Das Kaffeekränzchen

Wenn ich mit meinen Geschwistern Erinnerungen austausche, dann erwähnt jeder das Kaffeekränzchen von Maman. Alle haben erkannt, welche wichtige Rolle diese kleine Gesellschaft für sie spielte. Philippe weiß besser als wir alle, wie viele Lügen und Selbstverleugnung in dem Kränzchen eingeflochten waren.

In Deutschland spricht man von einem Kaffeekränzchen, mein Vater sprach von ihrem »*Rond de dames*«. Eine Runde von vier Frauen, die sich siezten und keine persönlichen Gespräche führten, darunter die ältere und immer fröhliche Cousine Valentine. Sie tranken Tee aus der Silberkanne aus Mamans Mitgift und aßen einen selbst gebackenen Apfelkuchen. Die verbrannten Stellen wurden dick mit Johannisbeermarmelade bestrichen. Die Damen sprachen viel über das Wetter.

Das Wetter ist der Joker der leeren Gespräche, dachte ich damals als strenge Teenagerin. Jetzt sehe ich das Kaffeekränzchen der Damen anders, die sich so auf der Oberfläche des gesellschaftlichen Lebens hielten. Mein Bruder Philippe dekliniert herunter, was Maman alles nicht war: »Sie war keine Frau«, sagt er, und meint damit, keine begehrenswerte Frau, »auch keine echte Hausfrau, keine liebevolle Mutter, war keine Freundin und hatte auch im Kreis des *Rond de dames* keine echte Freundin. Diese Frauen kamen nur aus lauter Langeweile zu ihrer Teestunde, Garance hat es mir selbst gesagt.«

»Garance? Wer war Garance?«, frage ich.

Mein Bruder lacht: »Du erinnerst dich nicht an Garance? Eine dunkelhaarige, schöne Frau mit Amethystohrringen und den spitzen Stöckelschuhen? Die Jüngste im Kreis der Damen. Ach, vielleicht hast du sie nie gesehen. Sie ist später dazugekommen, ich war fünfzehn und du warst schon auf der Uni in Lyon.«

Und auf einmal erzählt er mir diese Geschichte: Garance trug oft ein weiches lilafarbenes Kleid, das über die Knie rutschte, wenn sie die Beine überschlug. Philippe hatte die Augen nicht von ihr lassen können, was sie bemerkte. Sie warf ihm flüchtige Blicke zu, wenn sie die Beine kreuzte und dann wieder ein ganz klein bisschen spreizte. Maman wunderte sich, dass der Junge sich nicht zurückzog, wie es seine Schwestern immer gemacht hatten, sobald die Besucherinnen kamen. Eines Tages sollte Philippe Garance das Schnittmuster eines Kleides bringen, das sie sich von Maman ausleihen wollte. Mein Bruder behauptet (und ich glaube ihm), er rieche noch heute den Duft der Fliederbüsche, die an ihrer Allee erblühten, er höre noch heute das Knirschen des weißen Kieses auf ihrem Hof. Er wisse noch heute, dass ein paar Dolden schon rostig aussahen und dass es ihm einen Stich versetzte. Seine Freunde liebten den Sommer, die großen Ferien, das Freibad, er hätte sich nicht getraut zu sagen, dass der Frühling seine Lieblingsjahreszeit war. Es klang alt oder schwul. Garance ließ ihn freudig herein, servierte ihm einen Granatapfelsirup mit Leitungswasser. Er folgte ihr ins Schlafzimmer und nahm in einem Sessel Platz. Er trank den Sirup, während sie den Reißverschluss ihres Kleides hinunterzog. Sie zog sich ungeniert aus. Philippe verstand erst, dass es ihr nicht um das Anprobieren des anderen Kleides ging, das auch nur als Projekt in den papierenen Schnittmustern seiner Mutter lag, als sie ihren Slip auszog und anfing, sich zu streicheln. Philippe zitterte am ganzen Leib, als sie ihn zu sich hinzog und er die Nase zwischen ihre Brüste steckte.

»Den Rest, Schwesterherz, kannst du dir nach Gusto vorstellen. Du schreibst ja Romane.«

Ich lache und schmuggele einen rauen, stimmbrüchigen Ton in meinen Text hinein, gefolgt von dem langen musikalischen Seufzen in Moll, das Garance ausstößt, während ihre Pupillen sich weiten und ihr Blick den Fünfzehnjährigen derart durchdringt, dass er sich ein paar Minuten lang für immer an sie gebunden fühlt, hypnotisiert und lahm. Ihre dringliche Bitte, »unser süßes Geheimnis« für sich zu behalten, habe er bis eben befolgt. Den Hof mit dem weißen Kies, die Fliederallee ging er wie ein Schlafwandler zurück, es drängte ihn, mit dem süßen Geheimnis bei seinen Schulfreunden anzugeben, er blieb aber bis heute standhaft. Damals riskierte sie das Gefängnis, das hatte sie ihm gesagt. Später habe sie ihm erzählt, ihr Mann sei »ein Mann der Pflicht«, zuständig für die Qualitätsüberwachung der Produkte in der Molkerei unserer Stadt. Argwohn sei seine Grundeinstellung dem Leben gegenüber, ein Zug, der sie mit einer unbändigen Lust erfüllen würde, ihn zu betrügen. Sein Horror vor Salmonellen, Listerien und weiteren Bazillen und Keimen haben sich auf ihre Küche, das Bad, dann das ganze Haus, schließlich auf sie und ihn selbst übertragen.

Maman habe natürlich von dieser Geschichte nichts erfahren und Garance nie verdächtigt, so naiv sei sie gewesen. Sie meinte, Philippe bleibe in der Kaffeerunde wegen des Apfelkuchens und aus Faulheit, die Hausaufgaben erledigte er nicht sehr gern. Sie habe sich übrigens nie für seine schwachen Leistungen interessiert.

»Erinnerst du dich, dass du zu meinen Lehrern gegangen bist, um über meine Versetzung zu verhandeln? Du warst fünf Jahre älter als ich und bist leider gescheitert …« Wir lachen. Er fährt fort: »Maman und Papa haben sich nie um unsere Schulangelegenheiten gekümmert. Sie haben nie mit uns gespielt. Sie haben nie mit uns über wichtige Sachen gesprochen. Es ist nicht schön, was ich dir jetzt sage, aber die Wahrheit ist, dass ich nicht besonders traurig war, als Maman starb, und bei Papa ebenfalls nicht.«

Sein letzter Satz klingt traurig, nicht der Satz an sich, nur seine Traurigkeit versetzt mir einen Stich. Mich wühlt auch der Gedanke auf, dass dieses Kaffeekränzchen oder *Rond de Dames* nur ein sittliches Genrebild war, hinter dem, sobald man daran kratzt wie bei einem Palimpsest, peinliche oder horrende Szenen zum Vorschein kommen. Die eine Teetrinkerin, Valentine, stets lächelnd, manikürte Nägel, rollendes R, das an ihre argentinische Herkunft erinnern sollte, hatte ab 1945 mehrere Jahre ihren Mann im Gefängnis besuchen und sogar eine Zeit lang um sein Leben bangen müssen. Später hat sie während des Algerienkrieges einen Sohn verloren. Jules hatte ihn zur Armee geschickt, nachdem er im Abitur durchgefallen war. Er kam psychisch krank aus diesem Krieg zurück und war aus dem Fenster des Erholungsheims gesprungen. Garance, höflich und zuvorkommend, erzählte in der Teerunde die Bonmots ihrer kleinen Tochter und verführte den fünfzehnjährigen Jungen ihrer Gastgeberin. Von der Dritten, deren Name mir entfallen ist, prangte das Gesicht auf einer Zeitungsseite, eine Suchanzeige, ein Ausweisfoto, das weder Persönlichkeit noch Gefühle durchschimmern ließ: Zwei Tage lang war sie verschwunden, bevor man sie verwirrt und halb erfroren am Ufer der Durance wiederfand. Sie zögerte zu lange, ob sie springen sollte oder nicht, bekam nur kalte Füße. Eine verheiratete Frau, die man danach wahrscheinlich in der Psychiatrie untergebracht und zur »Vernunft« sediert hatte. Das Kaffeekränzchen sprach von ihr als von einer Frau, die eigentlich (wie Garance, wie sie alle) »im Leben alles hatte, um glücklich zu sein.« Wenn ich versuche, mich an diese Frau zu erinnern, überlagert das Gesicht meiner Mutter ihres.

Im Chalet

Maman erwartet mich im Chalet. Aber als der Zug in die Alpen kriecht, denke ich an meinen Vater, der mir seine Leidenschaft für die Berge vererbt hat. Ich möchte die Landschaft wahrnehmen, die Wiesen und Felder, die Felsen und Gipfel, die nacheinander hervortreten, als sei die Welt ein gigantisches Schauspiel. Das zweischneidige Gefühl, nach Hause zu kommen, packt mich wieder, Freude und Furcht. Ich präge mir die letzten Landschaftsstreifen ein, bevor die Nacht, die so früh fällt, sie alle verschluckt. Nur ab und zu flackert ein Licht in die Düsternis, ein entfernter Bauernhof, in dem sich eine Familie zum Abendessen hinsetzt. Ich verweile kurz zwischen ihnen, hebe den Deckel vom Suppentopf, sehe in das zufriedene Gesicht der Bäuerin, stelle mir ein einfaches Leben vor, ein für mich unerreichbares Leben (warum einfach und vernünftig leben, wenn man es sich kompliziert und schmerzhaft machen kann?), und je höher der Zug steigt und sich dem Pass nähert, desto tiefer steige ich in mich hinab und lasse mich in die Nacht schaukeln. Die farbigen Bilder stecken jetzt in mir.

Das Chalet ist ein Ort der Schönheit und der Extreme. Heiße Sommer, klirrende Kälte, echte Winter. Fröhliches Beisammensein und Sammelbecken der Dramen, wie so oft bei Ferienhäusern, in denen sich Leute nach langer Zeit treffen und plötzlich eine Gelegenheit ergreifen, alte Rechnungen zu begleichen, alten Groll loszuwerden. Ich mag die Sommer dort mit ihren staubtrockenen Wegen, den Platterbsen, den Wegwarten, den blauen Rasselblumen. Am Hang unseres unfruchtbaren Berggartens haben wir Lavendel, Rosen und kleinere Blumen gesät und gepflanzt. Im Sommer leuchtet das Pink der Rose, das Orange und Gelb der Zinnien, das Blau des Lavendels, man hört das Summen der Bienen. Als Kinder und Jugendliche haben wir jedes Jahr das Erblühen gespannt erwartet. Ich schob Unkraut mit den Fingern beiseite und freute mich, endlich einen Trieb zu erblicken. Pauline gehört zu diesem Bild dazu. Sie sitzt mit gestreckten Beinen und bearbeitet die Erde mit einer kleinen Hacke. Das macht sie auch noch heute so. Sie ist schon immer alterslos, trägt rosafarbene Shorts, Spukgestalten haben ihre Wangen eingeritzt. Sie reißt einen Löwenzahn aus und hält die lange Wurzel wie einen Mäuseschwanz triumphal zwischen zwei spitzen Fingern. Beide lieben wir das gleißende Licht im Sommer und den Südwind, der uns meschugge macht. Wir haben immer einen Teil der Sommer zusammen verbracht. Ich nenne sie meine kleine Schwester, nicht nur, weil sie ein Jahr jünger ist als ich, sondern weil sie nur einen Meter vierundfünfzig misst. Die Frauen in unserer Familie kaufen sich Kleider für Zwölfjährige.

Szenen im Chalet

Nicht grundlos explodieren in Filmen von Jean Deray, François Ozon oder Tavernier in Ferienhäusern Leidenschaften und Verbrechen. Das Ferienhaus ist ein Mythos des Paradieses und der Hölle auf Erden. Man geht hin und lässt sich gehen. Gespräche am Kamin und vergifteter Glühwein, Sonnenbaden und Ertrinken am Swimmingpool. Es platzen alle Träume und Eifersüchteleien eines verpatzten Lebens, Furunkel und innere Abszesse werden bei Geburtstagen geöffnet.

Ich erinnere mich an eine frühere Szene im Chalet. Mein Mann und ich machten wieder da Urlaub, obwohl wir uns vorgenommen hatten, endlich andere Gegenden ohne Chalet, ohne Eltern, ohne Geschwister, ohne meine aufdringliche Familie zu entdecken. Lisa war zu dieser Zeit sechzehn oder siebzehn und hatte ihren ersten Freund. Sie war leidenschaftlich in einen Erzieher verliebt, der doppelt so alt war wie sie, was die Eltern nicht erfahren sollten. Papa fing aber einen Brief ab und las ihn. Es ging darin um ein Rendezvous in der Nähe des Chalets. Papa sprach Lisa darauf an, die mit ausgefahrenen Krallen reagierte. Ich mischte mich ein, warf meinem Vater vor, er würde versuchen, Lisa zu erziehen wie uns früher. Es sei nicht mehr zeitgemäß und mit seinem Despotismus habe er sie geradezu animiert, sich in die Arme des Erstbesten zu werfen. Einen an sie adressierten Brief zu öffnen sei eine Unverschämtheit, auch ein Mädchen in ihrem Alter habe ein Recht auf seine Privatsphäre. Maman schwieg und tupfte sich die Nase. Papa brüllte mich an, ich brüllte ihn an. Die Wände des Chalets sind dünn, alle Nachbarn konnten die Vorstellung genießen.

Am nächsten Tag gingen wir zusammen wandern. Als der schmale Weg über eine steile Wand hinweg führte, hatte ich Lust, ihn in den Abgrund zu stoßen. Ich steckte die Hände in die Taschen. Als er sich plötzlich umdrehte und mich ansah, sagte er freundlich, als wolle er um jeden Preis einen neuen Konflikt vermeiden: »Pass bitte auf, bitte, nicht die Hände in die Taschen. Wenn du stolperst, kannst du dich nicht mehr abfangen.«

Manchmal sehe ich uns im Chalet, wie Playmobilfiguren, die das Glücklichsein ausprobieren, Maman trägt ein Tablett, eine Teekanne, ein Enkelchen und erstarrt. Ich trage die Figur Maman ans Tischende, an das Spülbecken, an den Wickeltisch. Es kann losgehen, wir sind alle da, mit unseren Ehepartnern und Kindern, alle gesprächig und laut, wir leben, schreien, mein Bruder singt und spielt Gitarre, ich diskutiere, bediene, räume ab, spüle, sie bleibt jetzt sitzen, die kleine Mutter, steif. Sind Jahre vergangen? Wir erheben uns alle, streiten, brüllen, mein Bruder ohrfeigt Lisa, unsere jüngste Schwester, Pauline fällt in Ohnmacht, ihr Mann brüllt, mein Vater versteht die Welt nicht mehr, diese Welt stürzt in sich zusammen, sie ist eine Legostein-Kiste, die unsere Kinder auf den Boden des Wohnzimmers ausgekippt haben. Ich denke an das dünne Sommerkleid von Maman in ihrem Sarg, an mein eigenes undurchsichtiges Leben, trinke, schluchze, kotze, laufe nachts den Hang entlang.

Ach ja, diese Szene spielt an dem Tag ihrer Beerdigung.

Etwas Blaues

Maman ist an Nierenkrebs gestorben. Der Krebs hat fünf Jahre lang gewuchert und wir haben fünf Jahre lang gehofft, gebangt, gezweifelt, wieder gehofft und gebangt und geweint. Und gelogen. Als sie im Krankenhaus unserer kleinen Stadt operiert wurde, besuchte ich zuerst den Chirurgen, der mir keine Illusionen ließ, dann ging ich mit einem Strauß Blumen zu meiner Mutter, der ich Illusionen machte.

»Es ist alles gut, Maman, ich habe mit deinem Chirurgen gesprochen, die Operation ist gut gelaufen, er hat mir selbst bestätigt, dass man mit einer Niere sehr gut leben kann!«

Wie leicht es ist, eine große Lüge durch Unterlassung in eine kleine Wahrheit einzupacken, ein Kunststück, in dem ich brillierte. Und dann schwärmte ich von der fantastischen Aussicht auf die Berge, die man von diesem Zimmer aus genießen konnte. Und meine Mutter nickte müde, denn im Grunde hatte sie nie die Berge gemocht. Als sie einige Jahre später starb, war sie viel jünger als ich heute, aber damals war sie achtundzwanzig Jahre älter als ich, so sah ich keine Ungerechtigkeit in diesem Tod, ich war noch so kurzsichtig, zu glauben, dass man mit fünfundsechzig schon ziemlich alt ist. Was mich verzweifeln ließ, war der Tod an sich, das Unabänderliche, und dass ich sie bei meinem letzten Besuch im Krankenhaus noch anschwindeln konnte: »Maman, wir holen dich hier raus und wir fahren alle zusammen zum Chalet.«

Bis zuletzt habe ich die Gelegenheit verpasst, mit ihr über

ihre Herkunft, ihr Leben, ihren Kummer zu sprechen. Ihr Schweigen, mein Schweigen, unser aller Schweigen, war nicht mehr zu brechen. Sie starb im Sommer im Krebskrankenhaus von Lyon. Ich wusste, dass ihr Zustand sich verschlimmert hatte, dass es zu Ende ging, und doch dachte ich, wir hätten noch einen oder zwei Sommermonate vor uns. Ich fuhr mit meinem kleinen Sohn fort, wir ließen uns Zeit, zelteten bei strahlendem Wetter an einem See, wir schwammen, genossen jeden Augenblick der Reise, ich telefonierte täglich mit meiner Mutter und sage: »Ich komme, Maman, ich bin übermorgen da.« Als der See genug geglitzert hatte und wir genug geschwommen waren, kam ich endlich an einem späten Abend in Lyon an, besuchte sie am nächsten Morgen, küsste sie flüchtig, hielt nur kurz ihre Hand, wollte nicht zu zärtlich sein, sie hätte ja denken können, dass meine ungewöhnliche Zärtlichkeit ihrem baldigen Tod geschuldet sei. Wieder traute ich mich nicht, sie nach ihrer Herkunft zu fragen, aber sie musste etwas gespürt haben und erzählte mir spontan das Ende der Geschichte der Prinzessin, der Bettlerin, die nicht weit von uns hauste. Ich ging dann, fast glücklich, fast lachend um die Mittagszeit in der Stadt spazieren. Mamans Stimme, zuletzt sehr leise geworden, flüsterte mir noch ins Ohr:

»Du darfst alles aufschreiben, ich weiß, dass du es aufschreiben wirst.«

Hatte ich mich verhört? Maman hatte sich nie für mein Schreiben interessiert, auch nicht für die kleinen Geschichten, die ich als Kind aufschrieb, auch nicht später für die französischen Gedichte, die ich veröffentlicht hatte. Vor langer Zeit hatte mich das gestört, dass weder sie noch mein Vater von meinem Schreiben Notiz nahmen, ich hatte mich aber damit abgefunden. Also war ich nun verblüfft und dankbar und ging essen.

»Schlaf ein bisschen«, sagte ich, »ich komme in einer Stunde wieder.«

Ich hatte Hunger, aß schnell in einem Weinrestaurant etwas und trank vor allem Beaujolais. Ich überlegte mir Fragen, die ich ihr unbedingt stellen wollte, da sie doch zu erzählen angefangen hatte. Ich ging halb besoffen in eine Boutique und kaufte eine lange blaue Seidenstola, ich wollte ihr schon immer etwas in der Farbe ihrer Augen kaufen, etwas Seidiges, etwas Hellblaues, und hatte es blöderweise bis zuletzt verschoben, dann lief ich zurück, und drapierte meiner Mutter die Stola um den Hals. Sie hatte die Augen zu und war ins Koma gefallen.

Ich träume oft, dass ich eine Bergstadt durchquere, hoch und runter, Westen und Osten, Norden und Süden, ich verliere mich in einem Labyrinth von Sträßchen und Sackgassen auf der Suche nach einem Wäschegeschäft, ich will etwas Blaues für meine Mutter kaufen, aber die Geschäfte sind zu oder ich merke vor der Kasse, dass ich kein Geld, auch keine Kreditkarte bei mir habe, oder ich finde den Rückweg nicht. Eine Variante dieses Traums ist, dass ich eine Krankenschwester auf Deutsch nach dem Weg frage und sie sagt *je ne vous comprends pas, Madame.*

Erste Nacht im Chalet

Ich bin im Chalet angekommen und es ist eiskalt, ich lasse meinen Anorak an und schlüpfe sofort unter zwei Plumeaus. Die Dunkelheit und die Stille um das Haus herum schließen mich bald ein. Ich versuche, einige Sekunden den Atem anzuhalten, um gar nichts mehr zu hören, vor allem mich selbst nicht mehr, und denke an früher, als ich ein Bett mit Pauline teilte. Ich bleibe lange wach und ganz steif liegen, wie früher als Kind, als ich mir suspekte Geräusche im Haus einbildete oder einen Schrei auf der Straße. Ich lag mit beklommenem Herzen, das Unfassbare erwartend, traute mich aber nicht aufzustehen, um nachzusehen, und rüttelte schließlich an Pauline: »Hast du auch was gehört? Es ist was passiert!«, die grunzte »Nein, lass mich schlafen, verdammt«, und sich umdrehte. Ich schmiegte mich an sie, Löffelstellung, die Wärme ihres Körpers beruhigte mich nach und nach, ich atmete den Geruch ihres Nachthemds und zählte hundert Schafe auf der Wiese oder buchstabierte das Alphabet vor- und rückwärts, bis ich wegdämmerte und der Schrei weit über die Grenzen unseres Landes gezogen war.

Ich gleite irgendwann in den Schlaf. Am nächsten Tag stehe ich früh auf und mache Feuer im Ofen und im Kamin. Ich sehe die Flammen auflodern, höre die Holzscheite knistern. Ein warmes Bild des Alters: Eine betagte Dame sitzt am Kamin und trinkt Kaffee. In meinem Kopf strickt wieder meine Mutter. Keine bloße Erinnerung, sondern ein klickender

Rhythmus, an den ich mich jetzt halten will. Sie saß gern an diesem Kamin, sie mochte keine Wanderungen, wohnte aber gern in ihrem Chalet, vor allem ohne meinen Vater, da er in der Stadt arbeitete. Einen Teil des Krieges hatte Maman im Chalet verbracht, oft allein mit Aline und nach 1944 mit mir, manchmal mit Jean. Auch über diese Zeit erzählte sie fast nichts. »Ja, da war nicht so viel los«, sagte sie, »nur am Ende einige Partisanen der letzten Stunde«, insgesamt habe sie selbst nichts Tragisches erlebt.

Draußen erhellen sich langsam die in diesem Winter noch halb trockenen Wiesen (kaum Schnee), als ich an die Waldensergrotte denke. Diese Grotte ist ein beliebtes Wanderziel und ich weiß, dass sogar meine Mutter da oben öfter geklettert ist. Ich werde ausnutzen, dass es noch nicht schneit und heute dorthin gehen, von da oben die Landschaft ansehen, die sie gern ansah, versuchen zu denken, was sie damals dachte.

Warum hatte ich früher so wenig gefragt? Wir wollten kein Tabu anrühren, spürten deutlich eine Grenze, die wir nicht überschreiten durften. Es galt, ihre Kindheit in Gesprächen zu umschiffen, aber auch die Zeit, als wir, ihre Kinder, geboren waren. Die Angst, Mama zu verletzen, war immer da. Und doch: Sollte ich mir nicht eingestehen, dass ich sie als einen einfachen, leicht zurückgebliebenen Menschen ansah, den ich zwar sehr lieb hatte, der mir leidtat, den ich beschützen und trösten wollte, der aber im Grunde mit mir wenig zu tun hatte und von dem ich mich vor allem abgrenzen wollte? Ich hob mich ab. Ich hätte sie gern zum Sprechen bewegt, dachte ich, kapitulierte vor ihrem Schweigen aber sehr schnell. In ihrer Unbeweglichkeit kam sie mir manchmal wie ein ausgestopftes Tier vor. Schon immer wünschte ich mir nur eins: abzuhauen.

Nichts mehr mit ihr, nichts mehr mit dieser Familie zu tun haben. Das Abitur, dann die Heirat mit dem deutschen Freund, das war die Befreiung, meine Flucht in ein Land, das ich nur aus Kriegsfilmen, aus Victor Hugos Zeichnungen des Rheins, aus einigen übersetzten Gedichten von Novalis kannte und aus Anekdoten meiner Verwandten, wenn sie vom Zweiten Weltkrieg erzählten.

Jetzt aber ist sie wieder da, meine kleine Mutter, und ich gehe mit ihr seit Monaten Hand in Hand. Ich spüre sie neben mir, bei mir, in mir. Und ich frage mich, als ich schon lange meinen Kaffee ausgetrunken habe, ob meine Lippen sich nicht auch wie ihre bewegen, hier am Kamin.

Die Grotte

Ich bin in der Waldensergrotte gewesen und habe das erfrorene Tal überblickt. Der Aufstieg war doch schwierig, da der Weg teilweise verschneit und rutschig war. Anders als damals im Herbst 1940.

Es ist Krieg und Herbst. Renées und Jeans erstes Kind, Aline, ist zwei Jahre alt. Blondes Haar, blaue Augen. Jean und Renée verbringen zwei Wochen im Chalet. Ein junges Paar, Arnaud und Martine, Freunde aus Lyon, besucht sie in dem Ferienhaus, das in der Nähe des Anwesens von Jules und Valentine liegt. Arnaud ist Arzt, Martine, seine Frau, Hausfrau. Sie sind mit dem Auto zu Jean und Renée gefahren und wollen sich drei Tage im Chalet erholen, bevor er seine Arbeit im Krankenhaus wieder aufnimmt. Sie haben Lust auf Ruhe, Sonne, frische Luft und die gelben und roten Farben der Lärchen und Bergahorne. Sie fliehen nicht nur aus dem Lyoner Nebel, sondern, wenn auch nur für drei Tage, vor den Bedrohungen des Zweiten Weltkriegs. Seit Juni ist die Stadt von den Deutschen besetzt. Es habe wenige Kämpfe gegeben, doch wurden viele französische Soldaten von der SS gefangen genommen, Martine erzählt mit einem Schluchzen in der Stimme, dass die senegalesischen Kämpfer des französischen Heeres alle massakriert wurden. Dann wurde Lyon zunächst als freie Stadt proklamiert. Flüchtlinge aus dem Osten würden versuchen, sich nach Lyon zu retten. Viele Juden. »Ihr habt es hier so schön«, seufzt Arnaud, »hier müsste man immer leben«. Die wilden

Kirschbäume auf dem Hang hinter dem Haus lassen ihre bunten Blätter hängen, die in der Sonne glänzen. Renée folgt Arnauds Blick und nickt.

Alle sitzen nach dem Mittagessen träg am Kaminfeuer, nur Jean ist an dem Nachmittag weggefahren, er hat sich mit Jules verabredet. Auf ihrem Anwesen besitzen Jules und Valentine auch einen Bauernhof und versorgen Renée und Jean mit frischen Eiern und Gemüse. Arnaud gähnt und meint, sie sollten die letzten Sonnenstrahlen genießen, anstatt am Feuer zu faulenzen. Er erinnert Renée daran, dass Jean und sie ihm von der Waldensergrotte erzählt und ihm versprochen hatten, ihn dorthin zu führen, es sei doch gar nicht so weit von dem Chalet, oder? Martine zieht es vor, am warmen Kamin zu bleiben, sie stochert genüsslich in der Asche und schlägt vor, auf Aline aufzupassen, wenn Renée ihren Mann begleiten wolle. Renée ziert sich, Arnaud solle die Wanderung am nächsten Tag mit Jean machen, sie selbst möchte lieber Martine Gesellschaft leisten. Arnaud insistiert, es sei doch nur ein kleiner Aufstieg, und er möchte nicht den ganzen Nachmittag hier so lethargisch verbringen. »Ich wollte morgen mit Jean angeln gehen«, sagte er, »bitte, meine kleine Renée, sei kein Frosch.« Sie will kein Frosch sein und es gibt etwas Weiches in seiner Stimme, das sie gefügig macht.

Sie gehen los und versprechen Martine, noch vor Einbruch der Nacht zurück zu sein. Sie führt den Freund auf den Hangweg, den sie ein einziges Mal mit ihrem Mann gegangen ist, damals wie heute ohne Begeisterung, es ist eher eine Piste im Gestrüpp, kein langer Aufstieg, aber steil und steinig. Zum ersten Mal im Leben führt sie jemanden, und sie ist sich außerdem nicht sicher, ob sie den Weg wiederfinden wird. Sie hört

Arnauds Schritt hinter sich und es passiert etwas Unerwarte-tes: Dieser Schritt beflügelt sie. Nach kurzem Suchen entdeckt sie den Weg hinter dem dornigen Gebüsch und bald läuft sie schneller, fröhlicher, klettert leicht über die letzten Steinbro-cken. Sie hört Arnaud keuchen und genießt ihren eigenen si-cheren Schritt.

Sie zeigt Arnaud das Innere der gut verborgenen Grotte, wo sich die Waldenser vor den Soldaten der Inquisition versteckt hatten. In dem Felsen könnte man weitere Gänge erforschen, die einen Durchgang oder ein Versteck innerhalb des Bergs freigeben, sie fürchtet sich aber davor und die Zeit drängt. Ar-naud blüht auf, er bewundert die Aussicht mit warmen, be-geisterten Worten: Was sie für ein Glück haben, in so einer Region zu wohnen, die Luft so rein, schwärmt er, die herr-liche Aussicht, die Fülle der Vegetation, die Farben des Herbs-tes und wie dankbar er sei, dass Renée seine Frau und ihn für diese Tage beherberge, eine kleine Auszeit in dieser so schwie-rigen Zeit. Darauf nimmt er ihre Hand und küsst sie lang. Er beugt sich zu ihr und was er dann, nahe an ihrem Ohr summt, ganz leise, als sollte es sogar vor den Eidechsen und Dohlen verborgen bleiben, ist unerhört und von ihr noch nie gehört. Jedes Wort, das in ihren Gehörgang eindringt, singt, strahlt, dreht sich unter ihrer Brust. Sie steht vor ihm, verlegen lä-chelnd, unfähig, die Wucht der Emotion zu bändigen, als er sie in die Arme nimmt und küsst und von ihren himmelblauen Augen schwärmt. Er geht zu Boden, zieht sie zu sich, überhört ihr schwungloses »Nein«. Das tumbe Waisenkind erwacht. Ein schiefer Sonnenstrahl fällt zwischen zwei Zwergkiefern auf sie und setzt sie beide auf den Boden der Grotte fest. Worte und Liebkosungen stimmen überein, sie ranken sich umeinander und verstricken sich, er riecht nach welkem Lavendel, nach trockener Erde, nach der Hitze, die die Büsche einen Sommer lang gespeichert haben, seine Hände sind zart und geschickt, sie denkt: »Geübte, magische Hände, gibt es das, magische Hände?« Gewinnerhände. Seine Stimme schnurrt weiter an ihrem Hals, bitte, bitte, nur eine Viertelstunde noch, lass uns noch eine Viertelstunde zusammen sein, ein menschliches Schnurren ist das, das sie wonnig erschaudern lässt, sie sinkt zu ihm in einem Urtraum weiter, kann keinen Gedanken fassen (und ich denke: Richtig so, ein Gedanke wäre auch nur ein banaler Kieselstein in einem Goldfluss gewesen).

Sie steigen wieder zum Tal hinunter, jetzt spielt er den Bergführer. Er läuft vor ihr, zu schnell, es wird dunkel, sie taumelt hinterher, er dreht sich ab und zu um, lächelt, sagt: »Komm, komm, meine Schöne«, sie aber will am liebsten dableiben, in dem Berg der Waldenser, im Labyrinth der Grotten.

Als sie im Chalet ankommen, ist sie eine andere. Auch Jean ist zurück und gratuliert Arnaud, weil er es geschafft hat, dass sich seine Frau endlich bewege. Sie gibt vor, halb erfroren und erschöpft zu sein, sie müsse zuerst ein warmes Bad nehmen. Martine kümmert sich weiterhin liebevoll um Aline, bis Renée sich besser fühlt und in der Lage ist, das Abendessen vorzubereiten. Arnauds Frau schimpft mit ihm, wie man ein geliebtes Kind schilt. Er sei rücksichtslos gewesen, sei gewiss zu schnell gelaufen. Man hört keinen echten Groll in ihrer Stimme, ihr Mann ist anscheinend ein Schelm, dem sie alles gönnt. Renée überrascht später die beiden in der engen Diele, sie tuscheln, dicht aneinander, ihr Techtelmechtel versetzt ihr einen Stich.

Der Fauxpas (1)

Ich rufe eine Cousine an, die Tochter von Jeans Schwester. »Ja, deine Mutter hat einen Fauxpas begangen«, sagt sie. (Ich gebrauche hier das Wort »Fauxpas«, weil meine Cousine in der Tat von Fauxpas redete, aber ich finde das deutsche Wort »Seitensprung« viel hübscher, es hat etwas Rettendes und Heilendes.) »Was für einen Fauxpas aber, weiß man nicht genau«, sagt die Cousine, »sie ist auf jeden Fall durchgebrannt.« Hatte das Durchbrennen meiner Mutter wirklich mit Arnaud zu tun? Die Cousine hat aus dem Plappermaul ihrer eigenen Mutter einiges erfahren. Sie weiß von Renées Flucht und vom Verhökern ihres Verlobungsrings. Als ich weiterfrage, kann sie nicht sagen, in welchem Jahr die Flucht stattgefunden hatte, ja 1940 vielleicht, zur Zeit von Arnauds Besuch? Aber wann genau habe Arnauds Besuch stattgefunden? Was sei übrigens aus ihm und Martine geworden? Ihre Mutter, erzählt die Cousine, habe erwähnt, das Paar habe sich irgendwann nach London abgesetzt, es sei dem Appell von de Gaulle gefolgt. Wahrscheinlich haben sie später mit den Partisanen in Frankreich gekämpft. Das alles seien nur Vermutungen, sagt die Cousine, »ich denke nicht, es hatte mit deiner Mutter zu tun, obwohl ...« Es entsteht ein bedeutungsvolles Schweigen. Die Erzählungen und Mutmaßungen aus der Kriegszeit sind immer vage und verschwommen gewesen, die Verschwiegenheit verkuppelt mit der Lust am Tratsch, das Verlangen, eigene Schandtaten zu verheimlichen, mit dem Drang, unterstellte Verbrechen der anderen auszuplaudern, man irrte in einer nebeligen Landschaft, in der sich Menschen als Helden gerierten oder als Opfer aufführten. In Deutschland habe ich es auch so gehört, nur mit weniger Helden und vielen Opfern. Die Cousine fuhr aber fort: Möglich sei auch, dass Renée erst 1942 oder 1943 abgehauen sei, als die Italiener Hautes-Alpes und Savoyen verließen und den Deutschen das Land überließen. »Deine Eltern mussten eine Zeit lang sogar einen deutschen Kommandanten beherbergen. Daran erinnere ich mich sogar selbst, weil viel am Tisch darüber gesprochen wurde, man bemitleidete deinen Vater, der diese deutschen Besatzer erdulden musste. Es gab Gerüchte. Welche, weiß ich allerdings nicht. Ich selbst war zu jung, zehn oder so.«

»Welche Gerüchte?«, frage ich matt.

»Ach, was weiß ich? Gerüchte eben. Die Eltern sprachen nicht gern über diese Zeit, es sei denn, um mit mutigen Taten anzugeben«. Sie lacht. »So habe ich oft gehört, dass unsere Großeltern Juden in ihrem Landhaus im Beaujolais versteckt haben«, sagt sie. »Ich weiß auch von Großmutter selbst, dass diese Juden, unter anderem der Rabbiner von Lyon, eine Zeit des Kriegs dort verbrachten und exzellente Bridge- und Schachspieler waren. Grand-papa hatte übrigens Glück, die Deutschen sind nie bis zu dem Dorf gekommen, und als Bürgermeister des Dorfes konnte er sich einiges leisten.«

Dass sie unseren gemeinsamen Großvater *grand-papa* nannte, wie ich, brachte mir die Cousine näher. Trotzdem bohre ich weiter: »Verdammt, du lenkst ab, welche Gerüchte?«

Sie lacht aber wieder und fragt, warum ich noch Dinge aus dieser Zeit erfahren wollte, »unsere Eltern sind alle tot, und deine Mutter, arme Cousine, war, *was sie war*.«

Der Fauxpas (2)

»Deine Mutter hat einen Fauxpas begangen«, piept meine Cousine ein zweites Mal in der Leitung. »Dieser Arnaud war nicht ohne.«

Ich denke nach und schreibe dieses:

Wenn Arnaud und Renée sich am Tag nach der Wanderung über den Weg laufen, wirft er ihr verliebte Blicke zu, streift wie zufällig ihre Hand. Ihr Herzschlag beschleunigt sich, sie errötet. Am letzten Abend versucht Jean, seine Freunde zu überzeugen, im Chalet zu bleiben. Es sei Krieg, Lyon würde bestimmt nicht lange unabhängig, die freie Zone nicht lange frei bleiben, früher oder später würden die Deutschen die Stadt definitiv besetzen. Man sei hier viel besser untergebracht. Er habe gehört, in Lyon sei schon das Benzin rationiert, gewiss werden sie nicht noch einmal hierherfahren können, und bald sei die Nahrung auch knapp. Falls es so weit käme, würden Jules und Valentine ihnen mit ihrem Hof helfen können, er selbst müsse leider in Gap arbeiten, aber er überlege, ob er seine Frau und Aline nicht im Chalet lassen sollte, anstatt sie in die Stadt zurückzufahren. Er traue dem Maréchal Pétain nicht und Laval noch weniger, der Typ kollaboriere hundertprozentig mit den Deutschen, das sage auch Jules, der leider auf der Seite Pétains stehe und meine, es gebe keine andere Lösung als eine vernünftige Zusammenarbeit, keinen möglichen Widerstand.

Arnaud will aber wieder zum Krankenhaus, »die Pflicht ruft«, lacht er und schaut zu Renée, »alles Schöne hat ein Ende.

Die Pflicht ruft.« Warum dieser Blick? Was ist dabei lustig? Was soll sie verstehen? In dieser Nacht bleibt sie wach. Sie hört auf Geräusche im Gästezimmer, steht auf, hofft, Arnaud im Wohnzimmer zu treffen. Aber nein, er ist nicht aufgestanden.

Am nächsten Tag steigen die Freunde in ihr Auto und fahren ab. Als sie aus ihrer Sichtweite verschwinden, hält sich Renée den Bauch, ihr ist übel. Der Citroën schleppt die neue Renée hinter sich her durch den Staub des Weges. Die alte Renée aber steht im Staub des Weges und krümmt sich, weiß nicht, wie sie weiterleben sollte.

Es ist, als hätten alle verliebten Prinzen und Prinzessinnen aus den Märchen ihrer Mutter Marguerite sich bei ihr verabredet, um ihr wirkliches Leben zu rauben. (Hätte Renée Colette gelesen, würde ich eher sagen: ... als hätten sich alle Liebhaber und Liebhaberinnen der Schriftstellerin abgesprochen, um sie mit ihrem Liebesgift anzustecken). Liebe, Begierde? Was mit Arnaud geschehen ist, hat in der Tat nichts gemein mit dem, was sie mindestens einmal pro Woche mit ihrem Mann ausführen muss, die Umarmung in der Grotte hatte etwas Erschütterndes und Magisches, das sie noch einmal, noch mehrmals erleben möchte, vielleicht weil nur eine Wiederholung der Sache beweisen könnte, dass sie nicht geträumt hat. Noch unterdrückt sie den Impuls abzuhauen, sie schnappt sich ihre kleine Tochter, bedeckt sie mit Küssen, singt ihr Abzählreime vor, spielt Ball, grinst, ja, sie versucht zu lachen, und sie, der es schon immer an Fantasie mangelte, erzählt jetzt verrückte Geschichten, erfindet für das Kind, das sich nur vom Klang der Stimme einlullen lässt, abstruse Märchen, erzählt von kleinen Hunden in Uniform, die nur so herumwimmelten und die man, platsch, platsch, ertränken muss, bevor sie die ganze Stadt und die Passanten überfallen, »platsch, platsch!«, wiederholte das Kind. Sie erzählt von Kristallen, die sie mit den Händen zusammenkratzt und klaubt, kratz, kratz, und die sie schnell wieder in der Erde verbergen muss, sonst werden sie plötzlich heiß wie brennende Kohle und versengen ihr die Haut, »kratz, kratz«, wiederholt das Kind. Renée erzählt im Singsang von unsichtbaren Vögeln, die Frauen ans Haar greifen und entführen. »Aua, aua!«, schreien die Frauen. Sie hält das Kind zu fest an sich gedrückt. »Aua, aua!«, schreit Aline und will zu Papa. Immer länger starrt Renée auf die Flammen im Kamin oder durch das beschlagene Fenster. Und bald wird es klar: Sie kann nicht bei ihrem Mann bleiben, sie muss weg, für immer weg, sie will nach Lyon, will versuchen, Arnaud zu sehen, muss sich da verstecken, ein Zimmer finden, hat aber kein eigenes Geld. Zu ihren Eltern zu gehen, ist vorerst nicht möglich, später vielleicht, aber erst muss sie Arnaud wiedersehen.

Der Fauxpas (3)

»Deine Mutter hat einen Fauxpas begangen«, faselt die Cousine. »Es hat eventuell mit diesem Arnaud zu tun. Oder vielleicht doch nicht. Niemand weiß es. Du kannst dir ja alles Mögliche ausdenken. Das ist dein Metier. Fragen können wir sowieso niemanden mehr. Sie sind alle tot oder verschwunden. Arnaud und seine Frau bestimmt längst. Waren sie Widerstandskämpfer in den Alpen oder sind sie in England geblieben? Wenn sie 1944 oder sogar 45 zurückkamen, wurden sie verraten? Von wem? Was wir ganz sicher wissen, ist, dass deine Mutter deinen Vater verlassen wollte und den Ring verscherbelt hat.« Ich lege auf und schlüpfe in Mamas Leben:

Renée ist vom Ferienhaus zurück in Gap. Sie muss handeln, bevor der Zugverkehr reduziert oder ganz eingestellt wird. An einem Samstag geht sie zu einem Juwelier ihrer kleinen Alpenstadt, viele gibt es da nicht. Sie zieht ihren Verlobungsring ab, es bleibt ein heller Streifen an ihrem Finger. Der Juwelier schaut skeptisch, leicht verächtlich, fragt, ob sie sicher sei, den Diamanten verkaufen zu wollen, ob ihr Mann informiert worden sei. Ja, sie sei sicher. »Mein Mann lebt nicht mehr«, sagt sie. Die Summe, die der Juwelier ihr für den Diamantring gibt, stellt sie nicht infrage. Zu Hause zieht sie einen anderen Ring an, um die helle Stelle zu verbergen. Jean bemerkt nichts.

Sonntag: Sie flüstert ihrer Tochter ins Ohr: »Ich hole dich bald wieder ab, mein Liebling«, und bringt sie zu einer Nachbarin, erzählt, sie habe ein Telegramm gekriegt, ihre Mutter sei plötzlich erkrankt, ihr Mann sei gerade bei einer Wanderung, sie könne nicht auf seine Rückkehr warten, müsse aber dringend zu ihrer Mutter, ihr Mann hole das Kind am Abend zurück.

Dann fährt sie mit dem nächsten Bus nach Grenoble. Sie schaut ängstlich um sich, hält ihre Handtasche mit dem Gelderlös des Ringes an ihrer Brust, versichert sich, dass niemand sie kennt. Als Nächstes steigt sie in den Zug nach Lyon und fiebert dem Bahnhof Perrache entgegen. Sie zeigt dem Schaffner zitternd ihre Fahrkarte und doch überfällt sie der Stolz, dass sie einen solchen Ausbruch gewagt hat. Sie fährt dann vom Bahnhof Perrache mit der Straßenbahn zur Wohnung von Arnaud und Martine, will ihn da abpassen, wenn er aus dem Krankenhaus nach Hause käme. Sie steht hinter einem Wagen auf der Lauer, es wird dunkel, er kommt und kommt nicht. Schließlich fragt sie eine Unbekannte, die aus dem Wohnhaus herausgeht, ob ihre Freunde hier wohnen, sie stottert den Namen von Martine und Arnaud, »Monsieur et Madame Perrin, meine Freunde«, und ihre Stimme versagt, als sie die Frau fragt, ob die beiden zu Hause seien. Diese löst und drapiert wieder ihren Schal um ihren Hals, sie räuspert sich, flüstert, obwohl niemand anderes zu sehen ist.

»Sie sind weg«, sagt sie, »einfach so, über Nacht, man weiß nicht, wohin.«

»Weg?«, murmelt Renée« »Für immer?«

»Es passieren eigenartige Dinge, wissen Sie«, sagt die Frau. Sie schielt zu einer Wohnung im Erdgeschoss, als spioniere sie die Concierge aus, die da wohnt, wie Renée aus anderen Besuchen weiß, und in der Tat sieht sie ein Gesicht hinter dem

Fenster. »Sie sind beide weg, Ihre Freunde«, wiederholt die Unbekannte, »ich meine, für längere Zeit weg.«

Renée muss entsetzt dreingeblickt haben. Die Unbekannte missdeutet den Schreck in ihrem Blick, »freiwillig weg«, sagt sie, »wenn Sie wissen, was ich meine.« Renée weiß aber nicht, was diese Frau meint, fragt noch einmal, wieso und wohin, und erntet nur ein Schulterzucken. Sie läuft dann zum Krankenhaus, in dem Arnaud arbeitet, ein langer Weg, wirre Gedanken im Kopf, ahnend, dass ihr Ausbruch vergeblich gewesen ist. Sie fragt dort nach ihm, erfährt, was sie schon wusste, dass er nicht mehr da arbeitet. Als sie die Abteilung verlässt und mit gesenktem Haupt die Treppen hinuntergeht, folgt ihr eine Krankenschwester und fragt, wer sie denn sei. Renée antwortet nicht und beginnt zu weinen. Es herrscht eine kurze Stille, bevor die Schwester wieder spricht: Arnaud habe sich abgesetzt, sagt sie dann. Eigentlich sei er geflohen.

»Geflohen?«, wiederholt Renée. »Wieso geflohen?«

Und die Schwester: »Es wird bei uns getuschelt, er habe sogar Material und Medikamente mitgehen lassen. Verstehen Sie?«

»Nein«, sagt Renée, »nein, ich verstehe nichts.«

Die Krankenschwester seufzt, schüttelt den Kopf und sagt, es sei vielleicht besser, wenn man in der heutigen Zeit ahnungslos bleibe. Renée hört Spott und Ärger in ihrer Stimme. Sollte sie Arnaud aber wiedersehen, sagte die Krankenschwester noch, müsse sie ihn von Annie grüßen, »erinnern Sie sich, Madame? Annie.« Ihr Gesicht zuckt, sie verschränkt nervös die Finger ineinander und lässt sie knacken.

Maman läuft wie eine Schlafwandlerin zum Rhône-Ufer. Die Nacht ist über die Stadt gefallen und nach und nach sinken die Informationen der Frau aus Arnauds Haus und die der Krankenschwester in sie. Ihr dämmert, dass die beiden sich einer dieser Widerstandsgruppen angeschlossen hatten, von denen man nur hinter vorgehaltener Hand erzählt, dass sie sich in der Region seit dem 18. Juni und dem Aufruf des Generals de Gaulle immer zahlreicher bilden. Sie wird Arnaud nicht so schnell wiedersehen. Und es preschen andere böse Gedanken durch ihren Kopf: Martine und er hatten ihre Entscheidung schon getroffen, als sie diese drei Tage im Chalet verbracht haben. Sie hört wieder das Flüstern und Getuschel der beiden in der Diele, sieht wieder Arnauds Blick und dieses sonderbare Lächeln, als er »Die Pflicht ruft« sagte. Meinte er damals seine Flucht, ihrer beider Flucht in den Maquis, oder rief sie die Pflicht nach London? Am Tisch haben sie mit ihrem Mann über den Appell des Général de Gaulle gesprochen, sich vorsichtig an das Thema Widerstand herangetastet und Jean hatte gesagt, dass er den Général de Gaulle bewundere, als junger Vater aber könne er sein Leben und das seiner Familie nicht riskieren. Auch Jules meinte, ein Widerstand sei aussichtslos. Laval und Pétain würden sich mit den Deutschen arrangieren, es sei nicht alles verloren, sie alle hätten noch das Glück, auf der guten Seite der Demarkationslinie zu leben. Die Diskussion, die eigentlich keine war, eine bloße Collage von harmlosen Sätzen, war beim Nachtisch im Sand verlaufen, als man von Renées Maronenkuchen schwärmte. Ja, Martine und Arnaud haben sich möglicherweise einer Widerstandsbewegung in den Bergen von Vercors bei Grenoble oder doch in den Südalpen in der Nähe des Chalets angeschlossen. Und dann ist es, als habe man ihr den Boden unter den Füßen weggezogen, als der Verdacht hinzukommt: Der Besuch der Freunde war ein

Teil ihres Vorhabens. Ja, es leuchtete ihr jetzt ein: Arnaud wollte den Ort kennenlernen, wo er und weitere Partisanen sich verstecken würden, das war sein Ziel. Und wenn es so weit war, wollte er Kontakt mit ihr aufnehmen, der Geliebten für eine Viertelstunde, die er deshalb verführt hatte, weil sie als leichte Beute alles für ihn tun würde, sich sogar dabei als Heldin fühlen und ihnen den nötigen Proviant beschaffen würde. Bilder rasen Renée durch den Kopf, Martine und Arnaud mit Waffen im Wald versteckt, sitzend vor der Grotte und nach deutschen Soldaten in die Ferne spähend, und der Gedanke, dass seine Frau zu ihm hält oder er zu ihr, dass das Paar gemeinsam diesen Weg des Widerstands beschritten hat, macht sie eifersüchtig. Er offenbart ihre eigene Unbedeutsamkeit. Arnaud und seine Frau gehören zueinander, haben große patriotische Ziele, sie selbst ist für ihn ein kurzweiliges Vergnügen gewesen, ein Abenteuer ohne Bedeutung oder viel mehr: ein Mittel zum Zweck. Es kommen die ganz großen Heldentaten in das Leben der Freunde, während sie, die dumme Renée, ihr kleines Hausfrauendasein fristen werde. Ihre Bestimmung. Ja, ihr Anteil an der Geschichte erschöpft sich darin, dass sie ohne ihr Wissen von Arnaud benutzt worden ist. Sie hat sich hingegeben, vergeben, ihren Mann für gar nichts verraten, berauschende Gefühle empfunden oder erfunden, herbeifantasiert, erlogen, ihren Verlobungsring verkauft. Jeder wird sie verurteilen. Jeans Mutter, Jeans Geschwister, Freunde, Nachbarn, ihre Mutter vielleicht auch. Was kann sie tun? Sie steht an der Uferstraße, die Rhône strömt unterhalb ihrer Füße und spuckt die einzige mögliche Antwort aus: springen. Sie zögert, schwankt zwischen Scham, Verzweiflung und Angst, ersinnt schon, wie das kalte, dunkle Wasser sie umschließe, in dem sie versinken werde, als eine ältere Dame ihren Schritt verlangsamt und kurz neben ihr stehen bleibt. Sie scheint unter dem kleinen Schleier ihres Hutes Renée zu beobachten, die sich schnell umdreht, bevor diese Frau sie anspricht.

Renée läuft zu ihrer Mutter, die Tag für Tag, Abend für Abend einsam ist und Patiencen legt. Jean hat indessen Marguerite ein Telegramm geschickt, er wolle wissen, ob der Arzt sie besucht habe, wie es ihr gerade ginge und ob Renée gut angekommen sei. Marguerite hält noch das Telegramm in der Hand, als sie ihre Tochter in die Arme schließt, halb verrückt vor Sorge: »Was ist passiert? Hat er dich geschlagen, hat er dich betrogen? Männer sind manchmal unberechenbar. Nein? Was ist also passiert? Warum sagst du nichts? Gut, mein Kind, ich bin auf deiner Seite, richtig, ich war sehr krank, ein Fehlalarm, gut, dass du zu mir gekommen bist. Er hat sich bestimmt gewundert, dass du mein angebliches Telegramm nicht dort gelassen hast.«

Renée verschweigt ihr die Wahrheit, sagt nur: »Ich bin unglücklich.« Sie erschrickt über diesen Satz, weiß auf einmal nicht mehr, was dieses Wort bedeutet, unglücklich. Und sie muss in der Tat hören, dass sie noch unglücklicher werden wird, wenn sie ihre Familie verlässt. Das dürfe sie ihrer kleinen Tochter nicht antun. Sie habe keinen Beruf. Wovon würde sie leben? Renée gestand das Verhökern des Rings und bestand darauf, das Geld ihrer Mutter zu schenken, die ablehnte und ihr empfahl, den Ring zurückzukaufen.

Maman fährt am nächsten Morgen mit dem ersten, direkten Zug zurück. Sie sitzt unbeweglich da, als sei sie von einem unsichtbaren Seil verschnürt, schaut nur stur durch das Fenster, wie die flachen Wiesen zu Hügeln werden und die Hügel zu Bergen, muss von dem Schaffner in Kenntnis gesetzt werden, dass sie angekommen ist. Niemand wartet am Bahnsteig, immerhin eine Erleichterung.

Die Prinzessin

Nicht weit von Jeans und Renées Haus entfernt steht eine leere Garage. Da haust eine Bettlerin. Die Frau trägt mehrere alte und schmutzige Gewänder übereinander, eher Lumpen und Fetzen. Sie sitzt vor der offenen Garage, wo eine schmuddelige Matratze und ein bisschen Geschirr herumstehen. Niemand weiß, woher sie kommt, warum sie da sitzt, wer sie ist. Sie sitzt da und stinkt. Obwohl sie nur still ist und niemanden anspricht, fürchten sich die Kinder vor ihr und machen einen großen Bogen um die Garage, wenn sie unbedingt diesen Weg nehmen mussten. Die Leute nennen sie spöttisch: die Prinzessin.

Es ist, denke ich, an einem Sonntag nach Renées Ausbruch, als Jean seine Frau am Arm führt und sie gemeinsam zu der Prinzessin gehen. Obwohl Renée an ihrem Mann zerrt und weiterwill, bleiben sie kurz vor der Frau stehen. Jean wirft ihr eine Münze zu. »Schau sie dir gut an«, sagt er zu Renée.

Dann gehen sie zurück.

Maman, die so wenig erzählte, die anscheinend keine Erinnerungen an ihre Kindheit hatte und keinen Wert auf Erinnerungen an ihr Leben im Krieg und an spätere Zeiten legte, hat uns mehrmals von dieser Prinzessin erzählt, die von heute auf morgen verschwand, zur Erleichterung der Anwohner. Sie hat geschildert, wie sie saß, wie sie stank und dass sie einmal mit Jean zu dieser Frau ging. Und dass sie sich die Frau gut ansehen sollte. Ob die Bettlerin gejagt, interniert oder deportiert wurde oder freiwillig ging, wusste sie nicht. Es war Krieg, sagte sie, die Leute, viele Leute sind einfach so verschwunden. Wenn Maman uns davon erzählte, glänzte jedes Mal ein sonderbares Licht in ihren Augen. Etwas Verschlagenes, was mir eine unterschwellige Angst bereitete. Sie spielte dabei leicht mit ihrem neuen Ring, einem neuen, etwas bescheideneren Ring, den Jean ihr zum Ersatz des »verlorenen Rings« geschenkt hatte, als Versöhnungsgeste, nehme ich an.

Ich hatte mich gefragt, ob meine Eltern oder sogar meine Mutter selbst sich über die stinkende Prinzessin bei der Verwaltung beschwert hatten. Ob sie deshalb verschwinden musste. Ich hatte mich das oft gefragt, jedoch die Geschichte längst verdrängt, als Maman kurz vor ihrem Tod das Ende verriet.

Der Krieg

Jean sollte recht behalten. Lyon und Südfrankreich bleiben nicht lang eine freie Zone. Die Deutschen kommen wieder, besetzen jetzt ganz Frankreich. Es gibt nun kaum Züge, keine Verbindungsmöglichkeiten, keine Post. 1942 wird Klaus Barbie zum Gestapo-Chef. Er foltert, exekutiert täglich. Man nennt ihn den »Metzger von Lyon«.

Maman verbringt alle Kriegssommer mit Aline im Chalet, ihre große Enttäuschung, ihre Bitterkeit sind abgeflaut, sie glaubt, Arnauds Anwesenheit zu spüren, wartet, dass er ein Lebenszeichen gibt, sie wandert mehrmals zur Grotte, obwohl deutsche Soldaten jetzt überall auftauchen und nach Partisanen jagen. Arnaud und Martine sind aber nicht da, melden sich auch nicht.

Ich bin im Februar 1944 geboren worden. Bahnhöfe und Bahnanlagen in Lyon, Chambéry, Grenoble, Nizza werden von den Amerikanern am 26. Mai bombardiert. Im April 1944 wird Klaus Barbie die 41 Kinder aus dem Kinderheim von Izieu nach Auschwitz befördern. Am 6. Juni landen die Alliierten in der Normandie. Die Waffen-SS flieht Richtung Colmar. Unterwegs wird das Dorf Oradour-sur-Glane dem Erdboden gleichgemacht, fast alle Einwohner, darunter über 200 Kinder, werden erschossen, verbrannt, massakriert. Im Champsaur, in der Nähe vom Bauernhof der Cousins Jules und Valentine, wird das Dorf Laye, ein Ort der Résistance, niedergebrannt. In jedem Tal, hinter jedem Gipfel werden weitere

Widerstandskämpfer festgenommen, gefoltert, getötet. Wenn man aber später die Eltern gefragt hat: »Was war damals, wie war euer Leben am Ende des Krieges?«, sagte Maman, »Na ja, die Nahrung fehlte. Man kam nur schwer an Gemüse und Fleisch, Gott sei Dank haben Valentine und Jules uns damals unter die Arme gegriffen.«

Nach dem Krieg muss der Cousin Jules einige Jahre ins Gefängnis. In seiner Verteidigung sagte er, dass er als Rentner damals vielen finanziell geholfen habe, und als Bürgermeister seines Dorfs gerade dank seiner Kollaboration viele Widerstandskämpfer retten konnte. Es stimmte – vielleicht.

Das Gefängnis wird später niemals erwähnt. Das Leben geht weiter.

Es schneit endlich.

Es schneit immer mehr, träge, zerrissene Watte. Ich schaue diesem Schauspiel gern zu, besonders nachts. Als Kind wunderte ich mich, dass der Schnee nachts nicht schwarz wie der Himmel wurde. »Der Himmel färbt nicht ab« wäre ein guter Romantitel.

Im Morgengrauen schieße ich ein Foto von den Wintervögeln auf unserer Terrasse, sie picken die Brotkrümel auf, die ich gestreut habe, sie beleben die große Stille. Ich höre wieder die Stimme meiner Mutter. Ich habe als Heranwachsende ihre Stimme mit meinem ersten Aufnahmegerät aufgezeichnet, sie wiederholte, dass sie nichts Interessantes zu sagen habe, dann hörte man die Tochter, die insistierte: »Aber sicher, Maman, hast du etwas zu sagen, erzähle doch von früher!«

»Ach, früher ist früher ist früher«, leierte sie und lachte schwach. Sie wischte über ihren Mund, als wäre dieses Lachen schon zu viel gewesen, und verschmierte ihren Lippenstift.

Das letzte Lebensmittelgeschäft ist vor zwei Jahren verschwunden, es fährt aber täglich ein kleiner Kombi mit Brot, Wein, Gemüse und Konserven vorbei. Einmal in der Woche fährt ein Sonderbus in die nächste Stadt, damit die Witwen und die Alten ohne Führerschein im Supermarkt einkaufen können. Ich bin einmal dabei. Vor dem Supermarkt steht ein junger Bettler, der für mich den Einkaufswagen wegräumt. Ich ernähre mich von Sardinen und Erbsen und trinke ein bisschen zu viel Weißwein. Valentine sagte immer, »wer beginnt, den Schinken direkt aus dem Metzgerpapier zu essen, der geht den Bach runter«, so lege ich die Sardinen säuberlich auf einen Teller und füge zwei Gurken hinzu.

Um die Mittagszeit hat es aufgehört zu schneien. Die Sonne ist sofort warm und meine Augen schmerzen von dem glänzenden Weiß. Ich spüre die Kälte an meinen Wangen und höre den Nachbarn Schnee schippen. Ich sehe uns auf der Terrasse des Ferienhauses: Pauline und ich schnallen die Skier ab, schütteln unsere verschneiten Anoraks, klopfen uns den Schnee von der Hose. Maman ruft uns zu Tisch, Papa arbeitet in der Stadt, er wird erst am Wochenende kommen. »Wir sind unter Frauen«, sagt Maman. Philippe ist noch zu klein, um als Mann zu zählen. Es geht uns doch gut.

Es schneit jetzt täglich. Ich habe meine Skier noch nicht herausgeholt. Ich schlafe länger und bin manchmal versucht, mich einschneien zu lassen. Ich schreibe mehrere Versionen dieses einfachen Satzes: Meine Mutter hat einen Mann geliebt. Lieben, sich verlieben, begehren, schwärmen, anbeten, verehren, sich nahe fühlen, sich sehnen nach. Maman hatte sich um den Verstand verliebt. Maman ergab sich einer Liebestrunkenheit. Maman wurde einmal in ihrem Leben liebevoll und sinnlich gestreichelt und geküsst. *Maman a fait l'amour.* Ich suche im Chalet nach alten Kalendern, Notizen, Ansichtskarten, Indizien zu Arnaud und Martine. Ich finde nichts. Dafür entdecke ich den molligen Schlafrock von Maman und wickele mich darin ein.

Ich erinnere mich an eine unserer letzten Zusammenkünfte im Chalet: Maman litt unter Gürtelrose, ich cremte ihre Schulter ein. Ich massierte so sanft wie möglich die Creme in ihre entzündete Haut, ihre Schultern waren noch jung und schön, ich hätte gern ihren Nacken geküsst, aber man küsst den Nacken seiner Mutter nicht, ich sagte ihr nur, dass sie einen schönen Rücken hatte und hoffte, dass der Satz den Kuss ersetzen würde. Sie lächelte und fragte: »Na, und was habe ich von meinem schönen Rücken?« Der Franzose sagt nicht, dass er die Nase voll hat, sondern, dass er den Rücken voll hat, *plein le dos*. Sie hat ja Nierenkrebs, *plein le dos*. Das Tabuwort wurde nie ausgesprochen. Man sprach von einem *Tumeur*, einem Tumor, ein Tumor muss nicht bösartig sein, dabei hörte man bei dem französischen Wort »*tumeur*« *tu meurs*, du stirbst, aber wir hatten für sie und für uns ein neues Schutznetz gewoben. Wir sahen und hörten nur das, was der andere sehen und hören durfte.

Der Fauxpas (4)

»Deine Mutter hat einen Fauxpas begangen«, wird die Cousine rückfällig, sie wird gern rückfällig, obwohl sie behauptet, stets in einen Rückspiegel zu schauen, sei töricht und ungesund (»wie du, du Rückwärtsgewandte, mit deinem Mutterroman!«). In ihrem eigenen Rückwärtsschauen sehe ich meinerseits ein akrobatisches Sündenbockspringen nach hinten. Sie kommt mir wieder mit dem deutschen Kommandanten und will anscheinend meine Mutter schuldig sehen. »Also der Fauxpas geschah vielleicht, wohl bemerkt nur vielleicht, ein paar Jahre später, möglicherweise noch im Krieg, aber nicht mit dem verschollenen Arnaud. Es gab nämlich Gerüchte über den deutschen Kommandanten, der einige Wochen bei deinen Eltern logierte.«

»Das hast du mir schon erzählt«, erwidere ich, trocken.

»Das hat meine Mutter nicht erfunden«, insistiert die Cousine, »das ist allgemein bekannt.«

»Ich will so einen Scheiß nicht mehr hören«, sage ich, »und noch weniger aufschreiben.«

»Du solltest höflich bleiben. Meine Mutter hat übrigens erzählt, dass der Kommandant ein äußerst eleganter, höflicher und gut gebauter Mann gewesen ist, der typische Nazi, blond, blaue Augen.«

»Wie Hitler«, grinse ich.

»Es gab aber damals wachsame Nachbarn. Um fünf vor zwölf wurden alle diese wachsamen Nachbarn zu Widerstandskämpfern. Vor dem Ende des Krieges hat dein Vater deine Mutter, deine große Schwester und dich kleines Kind rasch in euer Ferienhaus befördert, der Cousin Jules hat euch abgeholt. Wer weiß, was sonst mit Renée passiert wäre. Ab mit der schönen Frisur deiner Mutter.«

»Das hätte euch gefallen«, sage ich, »ihr habt meine Mutter nie gemocht, sie passte nicht zu eurem bigotten, engherzigen, kleinkarierten, fantasielosen Clan, und jetzt hör auf mit dem Unsinn. Den Kommandanten hast du erfunden, kein schöner Zug von dir, ich sehe aus wie mein Vater, habe viel von ihm, meine Ungeduld, meine Abneigung gegen Schwätzer, meine Sympathie für Edith Piaf und dieselben Leidenschaften, die Natur, die Berge.«

»Ich finde, du siehst aus wie deine Mutter«, lacht die Cousine, »und du bist auch kein Kind von Traurigkeit, sogar eher eine leichte Beute, oder?«

»Meine Mutter hasste die Liebe«, sage ich, »ich weiß es, weil ich an der Tür gelauscht habe, und du«, fuhr ich fort, »bist eine alte, frustrierte Kuh, die noch nie richtig gefickt wurde.«

»Du bist bei den Teutonen grob geworden, meine arme Cousine. Ich erzähle dir nur, was ich mitbekommen habe. Und dir zuliebe will ich nicht ausschließen, dass der Fauxpas mit dem charmanten Onkel Simon begangen wurde, der sie auch in Chambéry besuchte, es wurde gemunkelt, sie sei leicht verliebt in ihn oder er in ihre wilden Locken, die dritte Fauxpas-Alternative hätte also am Ende des Kriegs stattgefunden, und dann wäre eher Pauline das Kuckuckskind.«

Aus dem erfundenen Fauxpas meiner Mutter könnte man ein schräges Ballett inszenieren. Meine Cousine ist zwar eine studierte Juristin, hat aber schon immer eine Schwäche für melodramatische Lektüren gehabt, meistens alte Russen. Ich wünsche mir auf einmal sehr, meine Mutter habe mit ihrem Durchbrennen Glück gehabt. Ich wünsche ihr zwar ganz und gar, sie habe bei Arnaud, aber sogar bei einem deutschen Kommandanten oder bei dem Onkel Simon eine echte Leidenschaft erlebt, jemanden kennengelernt, der ihr gesagt hätte, wer sie war, eine Frau, die lieben konnte und wollte, ein vollwertiger Mensch. Ich bleibe aber auf jeden Fall bei der Arnaud-Version. Ach, was. Schreiben, Bescheißen (ich werde grob bei den Teutonen).

Was ist aus Arnaud und Martine geworden? Sind sie verraten worden, oder wurden sie im Kampf getötet oder sind sie irgendwohin emigriert?

Ich gehe zum Bürgermeisteramt. Nein, in den Dorfarchiven weiß man nichts von Widerstandskämpfern, die bei der Waldensergrotte hätten festgenommen werden können. Ich bin erleichtert. Warum bin ich erleichtert? Was habe ich befürchtet?

Die Prinzessin und der Ring

Ich schicke mein fast fertiges Manuskript an meine Schwester Lisa, die darauf fragt, ob ich die Geschichte des Verlobungsrings nicht zu Ende schreiben will. Den Ring meiner Mutter habe ich natürlich nicht vergessen, ich habe ihn nicht einfach zwischen den Zeilen meines Textes liegen lassen. Auch die letzten Worte meiner Mutter habe ich mir für den Schluss aufgehoben.

»Ich wollte einmal«, erzählte meine Mutter zuletzt, »deinen Vater verlassen. Du hast bestimmt davon gehört, denn dein Vater hat es leider seiner Schwester erzählt.«

Sie schwieg kurz. Ich zitterte vor Anspannung.

»Ich habe damals meinen Verlobungsring verkauft, weil ich für meine neue Zukunft ein bisschen Geld brauchte. Ich war keine zwei Tage weg und schon habe ich meine kleine Flucht bereut und kam zurück. Ich ging sofort zum Juwelier.«

Eine Krankenschwester klopfte an und wollte Fieber messen. Ich fürchtete, dass Maman anschließend nicht weitersprechen wollte oder konnte. Ich hatte so viele Fragen, die ich mich jetzt vielleicht trauen würde zu stellen: Was war wirklich mit Arnaud passiert? Hat sie meinen Vater gehasst? (Das war er doch, mein Vater, oder?) Wie hatte Jean bei ihrer Rückkehr reagiert? Und hatte sie ihren Ring wiederbekommen? Ich stellte mir den Juwelier vor, der zwei Tage zuvor hinter seinem Ladentisch stand und die kleine Frau anschaute, wie einer, der sich im Voraus freut, jemandem eine Lektion erteilen zu können.

Maman schickte die Krankenschwester weg und erzählte weiter: Der Juwelier habe schon den Ring weiterverkauft. Man müsse es sich doch gut überlegen, bevor man einen solchen Schritt unternehme. »Ich habe ihm nicht geglaubt«, sagte meine Mutter, »er hatte den Ring vermutlich noch nicht verkauft, hatte mir den Diamanten beileibe nicht zu seinem realen Wert abgenommen, er war ein geschäftstüchtiger Mann, der hatte sich einen saftigen Profit versprochen.« Der ungewöhnlich lange Satz hatte sie erschöpft. Sie schwieg einen kurzen Augenblick und schloss die Augen. Ich traute mich nicht weiterzufragen, hätte gern ihre Hand in meine genommen, nicht mal das traute ich mich. Wir waren nie zärtlich zueinander gewesen. Es hätte wie eine Abschiedsgeste ausgesehen. Ich wollte ihr noch Hoffnung geben. Aber plötzlich schaute sie mich an und sagte: »Erinnerst du dich an die Prinzessin? Die Bettlerin, die nicht sehr weit hinter unserem Haus kampierte? Nein? Nein, natürlich, du warst auch noch nicht geboren. Aber ich habe euch von ihr erzählt. Dein Vater und ich sind damals zu dieser Bettlerin gegangen, er hat das verlangt, ich wollte es nicht, ich habe mich immer vor dieser Frau gefürchtet, hatte auch Angst, dass sie uns Läuse oder irgendwelche Krankheiten einbrächte. Er aber sagte: ›Komm, der Frau wollen wir etwas geben, uns geht es ja noch gut.‹ Ich habe mich gewundert, es war nicht seine Art, Geld zu verschenken. Er hat ihr auch nur eine Münze hingeworfen, und dann – «

Maman schwieg plötzlich wieder und dieses Mal wagte ich es, ihre Hand zu nehmen, und bat sie weiterzuerzählen: »Sprich weiter, Mama, ich bitte dich, was ist passiert?«

»Nichts«, flüsterte sie, »einen Satz nur, den kennst du schon: ›Schau dir diese Frau genau an‹, hat er gesagt. Es klang wie eine Drohung. Ich fragte: ›Warum? Man sieht ja sofort, wie es um sie steht.‹ Er antwortete nicht, wiederholte nur, ich solle sie mir genau anschauen. Der Satz, der hat mich Tag und Nacht verfolgt.«

Jetzt schien Maman nicht mehr sprechen zu können, und ich traute mich, die Frage zu stellen, die mich seit Langem belastete, gepresst und stockend, als hätte ich eben einen Langlauf gemacht: »Habt ihr sie bei den Behörden gemeldet? Hast du sie bei den Behörden gemeldet? Warum ist sie plötzlich verschwunden?«

Und in den Augen meiner Mutter gab es wieder dieses kleine, listige Licht, das mich verblüffte, mir eine Hoffnung gab: »Als dein Vater wieder im Haus war«, sagte sie, »bin ich zurück zur Prinzessin. Ich habe ihr den Erlös des Rings gebracht.«

Schreiben. Maman aus dem Nichts retten.

Allein (1)

Dezember 1961

Aline steht vor dem Jungengymnasium und schwitzt, der Juni ist schon heiß. Sie sollte unter die Platane gehen, aber er könnte sie oder sie ihn in der Menge der Jungen übersehen, die um zwölf raufend und lachend herauskommen. Sie hat zwei Nächte nicht geschlafen. Ihr ist schlecht, die Angst und die Müdigkeit verhindern jeden klaren Gedanken. Sie denkt: Die Sonne frisst meinen Verstand, was soll ich machen? Sie stellt sich seit Tagen dieselbe Frage: Was soll ich machen? Ihre Gedanken drehen sich im Kreis. Vielleicht können seine Eltern ihnen helfen. Vielleicht. Hoffentlich kommt er bald, sie muss nach Hause, sie muss pünktlich zum Mittagessen da sein, sonst wird Papa schimpfen. Jetzt werden die Flügeltore der Schule geöffnet, und große und kleine Jungen rauschen an ihr vorbei und ja, endlich ist er da, zwischen zwei Kameraden, groß, blond, schön ist ihr Freund, ihre große Liebe. Sie rennt in seine Arme und er lacht, erstaunt, peinlich berührt, es schauen Mitschüler zu, spöttisch: »Stellst du uns Mademoiselle vor?«

Auch ein Lehrer lächelt schief, der ohnehin keine gute Meinung von ihm hat.

Sie sagt leise: »Ich bin schwanger.«

Auch jetzt lacht er noch. »Du spinnst, du bildest dir das ein, Aline!«

Und jetzt weint sie endlich: »Nein, nein, leider nicht, ich habe schon ewig keine Menstruation!«

Warum hat sie dieses Wort »Menstruation« gebraucht? Vielleicht, weil es ernster, fundiert, medizinischer klingt. Und in der Tat lacht der Gymnasiast nicht mehr.

»Ewig? Was heißt hier ewig?« Er schiebt sie ein wenig zurück. »Komm«, sagt er, »die glotzen uns an, lass uns gehen.«

Der Platz vor dem Gymnasium hat sich im Nu geleert.

»Was sollen wir tun?«

Er weicht ihrem panischen Blick aus. »Du musst nach Hause«, sagt er. »Ich werde mit meiner Mutter sprechen. Sie kennt Ärzte.«

Allein (2)

Juni 1965

Sie ist neunzehn. Sie steigt die Treppen hoch zu ihrem Freund, ihrem ersten Freund. Er studiert Wirtschaftslehre, ist hochintelligent, hat große Pläne. Sie selbst besucht nur eine bescheidene Sekretärinnenschule. Sie steigt die Treppen zu ihm hoch, und die Concierge öffnet einen Spaltbreit die Tür ihrer Pförtnerloge und fragt, wohin sie wolle, obwohl die Frau das weiß. Pauline riecht den Kohlgeruch aus ihrer Küche, beschleunigt ihren Schritt und betet, dass der Freund da sein wird. Das, was sie in ihrem Bauch spürt, füllt ihren ganzen Körper, ist schwer und diffus und würgt sie. Als sie vor seiner Tür steht, zögert sie, versucht, ihren Atem zu mäßigen, sie, sonst so flink und sportlich, ist aus der Puste. Ja, er ist da und tut angenehm überrascht, oder ist wirklich angenehm überrascht, er lässt sie eintreten, die Bude nebelig von Zigarettenrauch. »Na, Pauline, um diese Zeit nicht an der Schreibmaschine? Machst du blau?« Und sie schluckt, bleibt ernst, was ihn sofort beunruhigt, sie schafft es nicht, sofort zu sagen, was sie zu sagen hat, möchte, dass die Wörter sich verselbstständigen, sich einfach auf die Reise zu ihm machen, ohne ihr Zutun, oder dass sich eine Sprechblase an ihren Füßen entrollt wie im Bild von der Comicfigur Bécassine, dem naiven Dienstmädchen aus der Bretagne, ein Album aus den Zwanzigerjahren, das sie von ihrer Mutter geerbt hat. Die böse Großmutter hat oft zu ihr gesagt, sie sei eine »bécasse«, eine dumme Gans.

Ja, sie möchte am liebsten kein Mensch aus Fleisch und Blut mehr sein, nur eine lächerliche, papierene Comicfigur, und sie denkt, lächerlich für andere, dramatisch für mich, und für ihn? Störend? Tragisch?

»Ich bin schwanger«, sagt sie.

»*Merde*«, sagt er. »*Merde et merde et merde.*«

Allein (3)

1982. Vor Lisa liegt ein deutsch-französisches Wörterbuch. Und ein Artikel aus dem *Spiegel*, den sie bis morgen übersetzen soll. Es geht um den Protest von DDR-Frauen gegen das neue Wehrdienstgesetz. Lisa bewundert zwar den Mut dieser Frauen, aber sie kann damit zurzeit nichts anfangen. Sonderbar, wie die wichtigsten Ereignisse der Welt einen angesichts des eigenen Schicksals kalt lassen können. Sie stockt bei Wörtern wie »Herr Staatsratsvorsitzender«, »Drohgebärde«, »Selbstverständnis«. Sie kann sich selbst nicht verstehen, Ludger kann sie noch weniger verstehen. Sie können sich in der letzten Zeit gar nicht mehr verstehen. Und sie fragt sich, ob gerade der Anspruch auf Verständnis nicht überschätzt ist, ob man nicht einfach akzeptieren sollte, jemanden, sich selbst nicht zu verstehen, ob der Wunsch nach Klarheit und scharfen Konturen der Seele nicht eine menschliche Überforderung ist, ein absurdes Verlangen, ob es nicht reichen könnte zu sagen: »Ich verstehe dich nicht, aber auch in deinem Verzwicktsein liebe ich dich.« Vielleicht kann man sogar nur lieben, was man nicht ganz versteht? Was nicht so schnell durchschaubar ist?

Er wird bald da sein. Sie geht in die Küche, trinkt ein Glas Wasser, dann geht sie zum Fenster. Sie wohnen in einer kleinen Zweizimmerwohnung in einem ruhigen Vorort von München. Jetzt leben sie schon zwei Jahre da, sie mag diese Stadt, vor allem die Parks, wo sie wegen der üppigen Natur tief atmen kann, die Berge in der Nähe, in denen sie sich zu Hause fühlt, sie mag auch ihre Arbeit mit Wörtern, mit dieser Sprache, die sie inzwischen besser beherrscht als ihre ältere Schwester, man streitet aber und spottet mehr, als dass man fair diskutiert, man versöhnt sich, meistens im Bett, jeder gibt einen Fehler zu, nur einen kleinen Fehler, der leicht zu vergeben ist, aber im Grunde wirft man dem anderen Grundsätzliches vor, man liebt sich doch, oder doch nicht, man möchte lieben, aber auch Luft atmen, Freiheit, Leichtigkeit spüren, er vor allem, sie selbst möchte weniger Phrasen, weniger Haarspalterei, vielleicht mehr Leidenschaft oder ein Bekenntnis, etwas, was über das Alltägliche hinausgeht, etwas weniger Geordnetes. Aber vielleicht, vielleicht könnten sie jetzt doch, wenn sie, wenn er, wenn beide, wenn … Und dann hört sie den Schlüssel im Schloss und ihr Freund kommt herein, und sieht sie an, seine kleine mürrische Französin, denn sie sieht schlecht gelaunt aus oder traurig oder? Und die unbeteiligte, leicht verärgerte Art, wie er fragt: »Ist was? Hast du was?«, bewirkt schon, dass sie keine Worte mehr sucht.

Sie sagt: »Ich bin schwanger«. Und in seinem Gesicht sieht sie blankes Entsetzen.

Cécile

Vielleicht hat eine Krankenschwester ihr doch noch das Baby gebracht, vielleicht hat sie doch noch das Gesicht von Renée gesehen und einige Jahrzehnte dahinter das Gesicht von Renées letztem Kind und noch weiter dahinter das Gesicht von ihrer Urenkelin, Flore, die Tochter von Lisa, dem Kind, das von ihrer Mutter gewollt und erzogen wurde. Vielleicht war es nur ein einziges Gesicht, das sie noch gesehen hat, alle Gesichter übereinander, das kreisförmige Gesicht der unerwünschten Kinder der Familie, das runde und schöne Gesicht des spontanen Lebens.

Danksagung

Ich danke den treuen Freunden, die meine Unsicherheiten im Lauf der Jahre noch weiter ertragen und mich oft ermutigt und beraten haben, oder diesen Text korrigiert haben: meinem Musiker-Freund Heribert Leuchter, den Duden-Spezialisten Klaus Mackowiack, Franziska Münzberg, den unermüdlichen Buchhändlern Barbara und Walter Vennen und dem brüderlichen Kollegen Markus Orths.